バンビは
獅子に娶られる

CROSS NOVELS

四ノ宮 慶

NOVEL: Kei Shinomiya

小山田あみ

ILLUST: Ami Oyamada

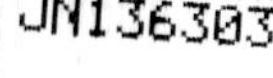

CONTENTS

CROSS NOVELS

CONTENTS

バンビは獅子に娶られる

四ノ宮 慶
KEI SHINOMIYA
ILLUSTRATION
小山田あみ

【一】

「本当に……こんな山奥に、蕎麦屋なんてあるのかな？」

人の気配どころか鳥の鳴き声すら聞こえない鬱蒼とした山道で、千佳はぼそっと独りごちた。

そして、少し長めの栗色の前髪を掻き上げ、二重の目をぎゅっと凝らして道の先を見つめる。

四月半ばになろうというのに吐く息は白く、細いボーダーのカットソーにデニムジャケットという服装の千佳は、寒さにカタカタと全身を震わせた。

山の麓でバスを降りてから、もう三時間は歩いている。最初のうちは点々と人家が見えていたが、今は山小屋すら見えず、道幅も狭くなっていく一方だ。太陽はとうに山の向こうへ隠れてしまい、新月なのか空には月もなく、あたりはすっかり闇に包まれていた。キラキラと瞬く星明かりがなければ、不安に立ち竦んでいただろう。

「鹿野や」という蕎麦屋を営んでいた養父・祐造が亡くなってから、一カ月が経っていた。

祐造は店の勝手口に捨てられていた千佳を引き取り、男手ひとつで育ててくれたのだ。

しかし、高校の卒業式を迎えたその日、帰宅した千佳を待っていたのは、厨房で倒れ、意識を朦朧とさせた祐造の姿だった。一瞬、頭が真っ白になった千佳だったが、我に返ると同時に祐造に駆け寄り、必死に名前を呼び叫んだ。同時に、抱きかかえた養父の身体が信じられないほど瘦せ細っていることに愕然としたのだ。

『父さん……っ？　なんで、こんな……』

『千佳……すまん。話して……やりたいことが……あっ……になぁ』

祐造は千佳の声に、虚ろだった意識をはっきりさせると、青ざめた顔で無理に笑みを作って唇を戦慄かせた。

『箪笥の引き出しに、弟子にあて……た手紙がある。その男のところへ、行け……』

祐造は額に大粒の汗をいくつも浮かべ、焦点の定まらない瞳を凝らして千佳に告げる。

『とんでもなくドジなお前でも、あの仏頂面を笑わせるぐらいは、できる……だろうよ』

千佳は何が起こっているのか、まるで理解できなかった。

高校を卒業したら、店を手伝う約束をしていたのだ。十八歳まで育ててくれた恩返しが、やっとできると思っていたのに――。

『いち……にんまえに、なるの、見届けられな……。っざ、んね……』

祐造は歪んだ微笑みをたたえてそう言うと意識を失い、そして二度と目覚めなかった。

救急車で運び込まれた病院の医師は、祐造の死因を特定することができないと千佳の前で項垂れた。分かったことは、複数の内臓がその機能をほとんど果たしていなかったということだけで、いったい何が多臓器不全を招いたのかは解明できなかった。

その後、千佳は葬儀や諸々の手続き、遺品の整理などに追われ、祐造の死を悲しんでいる暇などまるでなかった。借りていた店舗兼住居の立ち退きを余儀なくされ、家財道具を処分し、身のまわりのものはとりあえずトランクルームに預けた。

残ったのは、千佳名義の預金通帳。

そして、祐造の手による一通の手紙と、小さなメモだけ――。

そこには祐造の字で、ある蕎麦屋の店名と簡単な地図が書かれてあった。

その蕎麦屋の店主こそが、祐造が千佳を引き取る前に暖簾分けした唯一の弟子らしい。

今、千佳は祐造のメモを頼りに、その弟子・獅子谷を訪ねて信州の山道を歩いていた。

「本当に、ひとりになっちゃった。これからどうなっちゃうんだろう」

正真正銘、天涯孤独になってしまった。

千佳は大好きだった養父の死をしみじみ実感する。

頑固な祐造のことだ。千佳に心配をかけまいとして、身体の不調を明かさずにいたに違いない。

目頭が熱くなり、嗚咽が込み上げてくる。

だがすぐに、目に浮かんだ涙を手の甲で拭った。

「こんなところで泣いてたら、父さんに叱られる……」

そして、ぐっと奥歯を噛み締めると、ゆるゆると続く坂道の前方を睨みつけて再び歩き始めた。

それから、三十分ほど歩いただろうか。

かろうじて車一台が通れるほどの山道の先に、人家のものらしい明かりが見えた。

「……あれかな」

そろそろと近づいていくと、むかし話に出てきそうな古い家が現れた。雑草の生えた茅葺き屋根は、半分ほど背後の林に呑み込まれている。土壁は今にも崩れ落ちそうで、家を囲う生け垣も、長い間手入れされていないのか枝が伸び放題だ。明かりが灯っていなければ、とても人が住んでいるとは思えなかっただろう。だが、手にしたメモを見ても、ここしかなさそうな気がする。

「看板も暖簾も出てないけど、お客さん、来るのかな？　……ていうか、ここで合ってるよね？　お弟子さんの店」

そうであってほしいという願いが、独り言となって千佳の口から零れ落ちた。

東京を出てから、いったいどれだけの時間が経っただろう。背負ったリュックは石みたいに重く感じるし、足も浮腫んで棒みたいだ。とてもじゃないが、もうこれ以上歩ける気がしない。

もしここが祐造の弟子の店じゃなくても、今夜はここに泊めてもらうほかに選択肢はなかった。

千佳はゴクリと喉を鳴らして、古めかしい引き戸を睨みつけた。そして、口を開けてめいっぱい息を吸い込むと、思いきり声を張りあげた。

「すみません！　どなたかいらっしゃいますか？」

何度か繰り返し中へ呼びかけたが、引き戸が開かれる気配もなければ返事もない。

ひょっとして、留守なのだろうか？

「東京から『獅子そば』さんっていうお蕎麦屋さんを訪ねて……」

引き戸の向こうへ必死に叫んだ瞬間、千佳は立ち眩みに襲われた。

——そういえば、父さんが死んでからバタバタしてて、あんまり眠れてなかったっけ……。

ともすればその場に蹲ってしまいそうになりながら、千佳は力を振り絞って今までで一番大きな声で叫んだ。

「東京の『鹿野や』から来た、千鹿野千佳といいます！ ここは、獅子谷哲さんのお店じゃ……」

眉間のあたりがジンジンと痺れて、手の指が強張ってくるのを感じたときだった。

得体の知れない獣の唸り声がどこからともなく聞こえてきた。

「えっ……この声、なに？」

千佳の脳裏に、山道の途中で見かけた「熊、出没注意」の看板が過る。

直後、引き戸が恐ろしい勢いで倒れてきたかと思うと、野太く腹に響く咆哮が千佳の鼓膜をビリリと震わせた。

「グオォ――――ッ！」

それは、雄叫びというよりも、爆音とか轟音に近い音だった。

何が起こったのか、考える暇など欠片もない。千佳は反射的に身を翻した。

しかし、次の瞬間、千佳の身体は恐ろしい勢いで引き戻された。「あ」と思ったときには身体が宙に浮き、そのまま背中から地面に叩きつけられる。

「ううっ」

衝撃に呻き声が零れるが、背負っていたリュックサックがクッションになって痛みはほとんど感じなかった。けれど、ひっくり返った亀よろしく、大きくて重いリュックサックが仇となって、起き上がろうとしても身体が思うように動かせない。

「グルル……」

そのとき、頭上から唸り声が聞こえた。生あたたかい吐息がかすかに千佳の額を掠める。

「……っ！」

　視界に捉えた獣の姿に、千佳は息を呑んだ。

　豊かな濃い褐色の鬣と黄金色に光る吊り上がった両目。鼻は大きく、中途半端に開かれた大きな口からは鋭い牙とピンク色の舌が見える。その舌先からは、ポタポタと多量の涎が滴っていた。

「ラ……イオン」

　夢でも見ているのだろうか。

　信じられない想いで千佳は目を見開いた。

　その刹那だった。

　ライオンが大きく口を開き、千佳の右肩に噛みついた。

「あっ！」

　短い悲鳴とともに、リュックサックのショルダーハーネスがブツリと音を立てて千切れた。続けて、デニムジャケットの袖にライオンが噛みつき、あっさりと分厚い生地を引き裂いてしまう。

　恐怖のあまり、腰が抜けたようになって動けない。

　ライオンは低く唸りながら、力任せに千佳の服を鋭利な牙で剝ぎ取っていく。まるで猫がボールで遊ぶみたいに、小柄な千佳をコロコロと転がした。

　そうして気づいたときには、腕や下半身に布が少し絡みついているだけの状態になっていた。

「た……すけて……っ」

　身ぐるみ剝がされた千佳に、ライオンがのしかかってくる。鼻息はいっそう荒くなっていて、口から溢れる涎の量は尋常ではなかった。目を爛々と輝かせ、ゆっくりと顔を近づけてくる。

「ヒッ……」

――もう、逃げられない。食べられる……っ。

本能的にそう思った。

生あたたかい呼気をせわしく吐きながら、ライオンがぞろりぞろりと千佳の身体中を舐める。まるでどこから食えば美味いか、確かめているみたいだ。

「グルルッ……フゥ。ハア、ハアッ……」

ライオンはひどく興奮しているようだった。大きな舌や太く逞しい前脚で千佳の身体を反転させると、今度は背中や腰に舌を這わせ始めた。

「ひっ……」

逃げようと思うのに、身体が言うことをきいてくれない。

そのとき、かろうじて千佳の腰を覆っていたジーンズと下着を、鋭い牙が切り裂いた。

「うえ……っ！」

股間に冷たい夜気を感じるとともに、激しい羞恥と新たな恐怖が千佳を襲う。

すると、無防備に晒された尻を、ライオンがいきなりべろりと舐めた。ザラザラとしたネコ科特有の感触に、千佳は地面に蹲ったまま声をあげることもできない。カタカタと震え、息を呑んでいると、何を思ったのかライオンが千佳の尻の谷間に舌をくぐらせ、きゅっと縮み上がった袋を舐め始めた。呼吸をいっそう荒らげ、ときおり鼻を鳴らしながらふたつの玉を転がす。

やがて、ライオンはひとしきり千佳の陰嚢を弄ぶと、派手な舌舐めずりの音をさせて背後から覆い被さってきた。もふもふとした毛が背中を包み、頭のすぐ後ろから「ドルルル……グルル」という低い唸り声が聞こえる。やがて、ライオンは無防備な千佳の項をぞろりと舐めた。

——父さん、こんなのないよ。

祐造の弟子を訪ねてきただけなのに、いきなりライオンに食われようとしている。いったいどうしてこんなことになってしまったのだろう。

悲嘆にうち拉がれていると、ライオンがとうとう千佳の項に噛みついてきた。首の左右にやんわりと牙があたり、熱くて荒い鼻息が首筋や肩に触れる。

「と……ぅさん」

閉じた目尻から涙がひと雫流れ落ちた。全身が小刻みに震え、指先が冷たくなっていく。

——いっそこのままライオンに食べられて、父さんのところへ行ってもいい……かな。

そんな考えが脳裏を過ったとき、ライオンがより興奮した様子で、千佳の身体を前脚で抱え込んできた。

同時に、どこか懐かしさを覚える匂いが千佳の鼻腔を刺激した。

「そばの……匂い？」

混乱の中、周囲に漂うその匂いに、すん、と鼻を鳴らした直後——。

「……え？」

腰や尻に、何か硬くてヌルッとしたモノがあたっているような気がして息を呑む。

まさか……という想いが頭に浮かんだが、それ以上、深く考えるのが恐ろしかった。

そんな中、蕎麦の香りがどんどん濃く、強くなっていく。

「グゥゥウゥッ……。ドルルルルッ……」

ライオンは何度も千佳の項を甘噛みしては、大きな身体を揺さぶり続けた。地の底から響くような唸り声を発し、切なげに息を吐く。千佳の背中や尻にあたる物体が、火傷しそうなほど熱くなっていた。その熱の塊が、何度も千佳の尻の谷間を行き来する。ぐっしょり濡れた先端は細く尖っていて、根元に向かうにつれてどんどん太くなっていた。そして付け根に近い部分には細かな突起があるように感じられた。

尻に擦りつけられる異物の感触と、頭上で繰り返される荒い息、そして、項を牙が掠めるたび、想像が間違っていないと突きつけられる。

「う、うそだぁ……」

――ラ、ライオンに……お、犯され……っ。

信じられない状況に、思考が停止しそうだ。噎せ返るほどの蕎麦の香りに包まれ、激しい嘔吐感が込み上げる。襲いくる恐怖に、千佳は何度も気を失いそうになった。

たとえライオンに食われて死んだとしても、養父のもとへ行けるならそれもいい。

朦朧としつつ、そう覚悟したところだったのに、まさか獣に犯されるなんて――。

――こんな死に方……ひどいよ。

ぼんやりそんなことを思っていると、いよいよ意識が途切れがちになっていく。ライオンの毛皮の感触と尻に擦りつけられる性器らしきものの熱だけが、千佳の感覚を支配していた。

「父さん……僕もすぐ、行くから……ね」

小さく呟くと、ずっと握り締めていた養父のメモが手からぽろっと零れて落ちた。

その瞬間、ライオンがぴたりと動きを止めたような気配を感じた。

けれど、それを確かめることができないまま、千佳は気を失ってしまったのだった。


ひたり……と額にひんやりとした感触を覚え、千佳はきゅっと眉間に力を込めた。

「おい、大丈夫か？」

ぼんやりした意識の中、静かに呼びかけられて瞼を抉じ開ける。

ギラッと光る双眸を捉えた瞬間、千佳はぎょっとして飛び起きると、わけも分からずに叫び声をあげた。

「うわぁ……っ。助けてっ！　ラ、ライオンが……っ！」

直後、震える肩を大きな手でがっしりと摑まれる。

「お、おい！　落ち着けって！」

少し嗄れた野太い声に、はっとして目を瞬かせた。そして、声がした方へゆっくり顔を向ける。

すると、心配そうな表情で千佳を見つめる男がいた。

四十代半ばぐらいだろうか。頭にタオルを巻いて藍染の作務衣を身に着けている。捲った袖から覗く腕は惚れ惚れするほど逞しく、大造りだが彫りの深い顔には苦み走った男の色香が感じられた。奥まった双眸はギラギラとして、獲物を狙う肉食獣みたいに鋭い眼光を放っている。頬から顎に生えた無精髭が、男の容貌に野性味を与えていた。

「あ、あの……」

「いいから、横になってろ」

状況が呑み込めずにいた千佳だったが、男に言われるままそっと布団に横になる。そこではじめて、自分が見ず知らずの他人の家で寝かされていたことに気づいた。

そこへ、正面の襖が開いて別の男が姿を見せた。

「珍しくこの男のほうから呼びつけられて何ごとかと思ったけれど、落ち着いたようでよかった。まあ、いずれにしろ、今日、立ち寄る予定だったんだけどねぇ」

白衣を着て眼鏡をかけた男が、穏やかな笑みを浮かべて千佳に話しかける。

「わたしは柳下といって、麓で獣人病について研究しつつ、医者のようなこともしていてね。この男とは獣人たちのサンプル……血液とか唾液の提供に協力してもらっている間柄なんだ」

——じゅう……じん？

耳慣れない言葉に首を傾げる千佳をよそに、作務衣を着た男がぶっきらぼうに続ける。

「それから……悪いと思ったが、お前が眠っている間に荷物を確かめさせてもらった」

「あ……はい」

言われて、仕方のないことだと千佳も納得して頷く。

「お前、『鹿野や』のおやっさんに育てられたそうだな」

男はそう言うと、千佳が握り締めていたメモと、祐造が残した手紙を掲げてみせた。

「俺にあてた手紙だったから、勝手に読ませてもらった」

眉間にぎゅっと皺を寄せたままちらりと千佳を見たかと思うと、男はすぐに視線をそらす。

「え？　あの……」

「俺が獅子谷だ」

その言葉を聞いた瞬間、千佳の胸に熱いものが込み上げた。

「……じゃあ、僕、ちゃんと『獅子そば』さんにたどり着けたんですね」

「ああ、そうだ」

不機嫌そうに獅子谷が頷く。

「よかったぁ……」

無事に祐造の弟子に会えた喜びに、千佳は安堵の息を吐いた。

ライオンに襲われてこのまま死ぬんじゃないかと思ったが、きっと疲労と空腹のせいで見た夢だったのだろう。

千佳は横になったまま、獅子谷に軽く会釈した。

「あの、急に訪ねてきたのに、助けていただいてありがとうございました」

初対面でいきなり迷惑をかけた詫びと礼を言って自己紹介する。

「千鹿野千佳といいます。赤ん坊のとき、父さんの店の勝手口に捨てられてて……」

「手紙に書かれてあったから、事情はだいたい分かってる」

素っ気ない態度の獅子谷にかわって、柳下が口を挟んできた。

「お父さん、亡くなられたんだろう？　急なことで大変だったね」

言いながら、千佳の手をとって脈を測りながら微笑んだ。

その様子を横目で見ながら、獅子谷がぼそりと口を開く。

「この手紙は、俺にあてたおやっさんの遺書だ。お前のことを頼むと、そればっかり書かれてた」

そう言って、獅子谷は再び黙り込んでしまった。大きな背中を千佳に向けて、あからさまに拒絶の態度を示す。

──いきなり押しかけてきて、迷惑だったのかな。

獅子谷をフォローするかのように、柳下が脈を測り終えた千佳の手をそっと包み込む。

「きみ、とても大切に、愛情をいっぱい注がれて育てられたようだねぇ」

思わず、千佳の目に涙が滲んだ。

「はい。父さんには、本当に感謝しかなくて……。高校卒業したらいっしょに店で働いて、親孝行するつもりだったんです。卒業式の朝、帰ってきたら話があるって言ってたのに──」

厨房で倒れていた祐造の姿が脳裏に蘇り、千佳は言葉を詰まらせた。

「きみのお父さんは獣人病に罹っていたんだろう。おそらく随分前から自覚症状があったはずだ」

きょとんとする千佳に、柳下が苦笑を浮かべる。

「お父さんから病気のこと、何も聞かされていなかったんだね？」

千佳には柳下が何を言っているのか、まるで理解できない。

「おい、獅子谷。黙っていないでこの子にちゃんと説明してあげないか」

柳下に促されて、獅子谷が肩越しに千佳を睨みつける。名前のとおり獅子頭みたいな形相だ。しかし、千佳と目が合うと咄嗟にそっぽを向き、頭に巻いていたタオルを勢いよく外しながら吐き捨てた。

「冗談じゃねぇ！　専門家のお前がすればいいだろうがっ」

タオルの下から現れた髪は驚くほど量が多く、ひどい癖毛だ。その濃い焦げ茶の髪をぐしゃぐしゃっと掻き乱して忌ま忌ましげに舌打ちする。

「世話になった師匠に恩返ししたいと言っていたのは嘘だったのか？　その師匠の息子がお前を頼ってこんな山奥まで来たんだぞ」

煮えきらない獅子谷を、柳下が急き立てた。

「仕方ねぇ……。血は繋がってなくとも、おやっさんに育てられた獣人の子なら、俺にとっても親戚みたいなもんだからな」

大きな身体と険のある顔つきとは裏腹に、獅子谷の声は戸惑いに震えている。チラッと千佳を見る目許が、ほんのりと赤く染まっているように見えるのは気のせいだろうか。

観念した様子の獅子谷の言葉に、千佳はきょとんとなった。

「獣人の……子？」

「まさか、獣人の存在についても、何ひとつ聞かされていないのかい？」

柳下が突然、興奮した面持ちで身を乗り出した。

「もしかして、きみ、獣化したことがないのかな？　今までどんな生活を送ってたんだい？　ああ、詳しく話が聞きたいな。是非、わたしの研究に協力してほしい。まずはサンプルに血液を……」

「おい、柳下。いい加減にしろっ！」

矢継ぎ早に千佳に質問を投げる柳下を、獅子谷が野太く張りのある声で一喝(いっかつ)する。

「あ、ああ。これは失敬……」

はたと我に返ると、柳下は改めて千佳に説明してくれた。

「……獣人というのは、映画に出てくる狼人間をイメージしてくれるといい。わたしたち、それにきみのお父さんも獣人なんだ。ちなみに、わたしの本性は黒山羊(やぎ)でね」

「え……。そんな漫画みたいなこと……」

信じられないとばかりに首を左右に振ってみせると、獅子谷が声をかけてきた。

「これなら、信じられるか？」

首を傾げつつ振り返った千佳の目の前で、獅子谷が作務衣を引きちぎって姿を豹変(ひょうへん)させた。濃い褐色の鬣に、大きく裂けた口からは鋭い牙が覗いている。千佳を見つめる目は黄金色で、ふさふさとした鬣は胸許から腹まであった。

一瞬、何が起こったのか分からずにいた千佳だったが、「グルル……」と低い唸り声を聞いた途端、思わず叫んでいた。

「ぼ、僕を襲ったライオン……ッ！」

そうして、布団から飛び出して柳下の背後に身を隠した。

「え……、なんだって？」

柳下が驚きの表情を浮かべるのに、千佳は声を震わせて訴えた。

「い、いきなり飛びかかってきて、ぼ、僕の服を嚙みちぎって。の、のっかってきたんです……っ」

「はあっ？　おい、獅子谷！　お前なんてことを……っ」

柳下が摑みかからんばかりの勢いでライオンの獅子谷を問いただす。

すると、次の瞬間、獅子谷が再び姿を変えた。

顔はライオンのまま、身体の形は人と変わらないが、全身を茶色い体毛で覆われている。身体の大きさは人の姿だったときと同じだ。胡坐（あぐら）を搔いた獅子谷の背中では、長い尾が切なげに揺れていて、破れた作務衣の端切れで股間を恥ずかしげに覆い隠す。

千佳はほんの一瞬だけ、股間を覆う大きな手を盗み見た。

「ご、誤解だ！　昨夜は新月だったし、急に……甘くていい匂いがして……」

「甘い匂い？　麓のりんご畑の花の匂いが風にのってきたんだろう。いい加減なことを言うな」

「嘘じゃねぇ……っ。そ、そもそも未遂だ……っ！」

鬣に埋まりかけた丸い耳をしゅんと倒して、獅子谷がしどろもどろに言い訳をする。

「おやっさんのメモが目に入って、それでハッとなったんだ……っ」

「まあたしかに、新月だったせいかもしれないが、この子を襲ったことに違いはないだろう？」

柳下が困った顔で溜息（ためいき）を吐（つ）く。

二人の話を聞いていても、混乱した思考はまるで落ち着かない。

しかし、千佳に襲いかかったライオンは紛れもなく獅子谷で、彼らが話してくれた獣人の存在が嘘じゃないということは、嫌でも信じるほかなかった。

「事情はどうあれ、まずはこの子にきちんと謝るべきじゃないのか」

レンズ越しに睨まれ、獅子谷がちらっと千佳を見た。そして、さも申し訳ないといった様子で深々と頭を下げる。

「……その、驚かせてすまなかった」

「い、いえ……あの、大丈夫です」

大きな身体を丸めて謝る獅子谷に首を振って答えると、柳下が言葉を続けた。

「肉食獣人は新月の夜になると、自分ではコントロールできないほど強烈で膨大な量のフェロモンを発して、発情状態に陥ったり凶暴化したりする特質があるんだ。とくに獅子谷は希少種でフェロモンが多いからその影響を受けやすいのさ」

柳下の声をぼんやり聞きながら、千佳はあんぐりと口を開けたまま獅子谷を見つめた。

「昨夜、怖い目に遭わせて気を失わせてしまっただろ。だから、目を覚ましたときにまた驚かせちゃ悪いと思って、人間の格好をしていたんだ」

獅子谷が千佳の反応を窺うように、黄金色の目をやんわりと細める。

「人間の姿でいるのも苦じゃないが、ふだんはこの姿で生活しているんだ」

グルルと喉を鳴らしながら説明されても、まるで頭に入ってこない。頭がひどく混乱していて、獅子谷があのライオンだと分かっても、怖いと感じる余裕さえなかった。

とにかく、次から次へと信じられないようなことが起こって思考が追いつかない。

しかし、獅子谷は千佳の戸惑いをよそに、どんどん話を進める。

「おやっさんの手紙に、お前を拾ったときの様子も書かれていてな。お前の本当の親はおやっさんの人柄を見込んで、我が子を託すことにしたと……置き手紙に書いてあったそうだ。だが、なんの獣人かは書かれてなかったみたいだな」

生まれて間もない千佳のおくるみに、千佳の名前を記した紙が忍ばせてあったと、養父から聞かされたことを思い出す。

「僕は一度も獣になったことがないんですけど、手紙には僕が獣人の子どもだって書いてあったんですか？」

問いかけに、獅子谷はゆっくり首を左右に振ってみせる。

「だったら、僕が獣人だっていう証拠にはならない……ですよね？」

獅子谷は千佳を獣人だと信じているようだが、千佳は違った。子どもの頃からずっと、ふつうの人間として生きてきたのだ。

だから、確たる証拠もないのに、獅子谷や柳下、そして養父が、千佳のことを獣人だと信じる理由が理解できない。

「人間だっていう証拠もないだろ。だいたい、おやっさんが俺に人間のガキを預けようなんて考えるわけがねぇんだ。俺は……人間が大嫌いだからな」

獅子谷が吐き捨てるように言ってそっぽを向く。

かわって、柳下が嘆息交じりに説明してくれた。

「獣人はどんどん減っているんだ。人間との間に授かった子はフェロモンが薄まってしまうから、獣化しないまま一生を終える獣人も珍しくない。そもそも、草食獣人は肉食獣人より獣化しにくい傾向があるから、きみも獣化の経験がないなら草食獣人なのかもしれないよ」

暗に、獣化しなくても獣人の可能性があると言われ、千佳は複雑な気持ちになった。

「ちなみに、獣人病は不治の病とされていてね。この病で親を失う子どもが絶えない」

獣人病は人間でいうガンに似た病気で、突然、身体の一部の細胞が悪性化して全身を蝕んでいくのだと説明してくれた。

「ただ、最近になって、人間の男と結婚して獣人病が治った獣人の女がいるらしいという噂を耳にしてね。人間と結婚すると長生きできるという伝説は昔からあったんだけど、真偽のほどや、獣人病との関連性は分かっていなかった。だから、彼らに協力してもらえば、獣人病根絶の糸口が摑めるかもしれないんだ」

柳下がそこでひと息ついて、横目で獅子谷を見やった。

「まあ、そういうこともあって、獅子谷には是非、人間と結婚して、私の研究に協力してくれと話しているところなんだよ」

「人間となんか冗談じゃねぇ！」

すかさず、獅子谷が唸り声を発する。

柳下はやれやれと肩を竦め、再び千佳を見つめてきた。

「とにかく、我々獣人の間には親を失った子どもは仲間が育てるという慣習が根づいているんだ。きみの本当の親御さんも、都心で数少ない仲間であるお父さんを見つけて、赤ん坊だったきみを託したに違いない」

千佳は、まるで映画やお伽話（とぎばなし）のあらすじを聞かされているような気分だった。驚きと戸惑い、そして胸を締めつけられるような切なさに、知らず手をきつく握り締める。

すると、獅子谷が重い溜息をひとつ吐いてから静かに話し始めた。

「もともと、獣人と人間は相容（あいい）れない存在だ。人間は自分たちの脅威となる獣人を迫害してきた」

獅子谷のどこか悲しげに聞こえる声に、千佳はそっと耳を傾ける。

「おやっさんは多分、獣人だってことや、本当の親はもうこの世にいねぇかもしれないってことを話して、幼いお前を苦しませたくなかったんだろう。亡くなった日、お前に話があるって言ったのは、死期を察してすべてを打ち明けるつもりだったに違いねぇ」

獅子谷がライオンの顔で千佳をまっすぐに見据えて言った。

「俺にあてた手紙も、きっとそのときに渡そうと思っていたんだろうよ」

同意するように柳下が小さく頷く。

「どうして……何も言ってくれなかったんだろ」

自分だけが何も知らなかったと知って、千佳はどうしようもなく悲しくなった。

「お前が落ち込むことなんかねぇ。全部、おやっさんの親心だったんだ」

千佳の心情を察したかのように、獅子谷がすかさず声をかけてくれる。

百獣の王と呼ばれる獣に見つめられているのに、千佳は恐怖よりもあたたかいものを感じた。

まっすぐ千佳を見つめる黄金色の瞳には、うっすらと涙が滲んでいる。

師匠の死を知った獅子谷もまた、悲しみに心を痛めているのだ。

そう思うと、自分ばかりが励まされているのが少し情けなかった。

「そう……ですよね。なんだか、混乱しちゃって……」

そのとき、千佳の腹が大きな音を立てた。

ぐうぅ～。

悄然とした空気が、一瞬にして吹き飛ぶ。

「あはは、やっぱりお腹が減っていたんだね」

柳下がおかしそうに肩を揺らすのを視界の端に捉え、千佳は恥ずかしさのあまり俯いてしまう。

――こんな状況で、お腹が減って腹の虫が鳴くなんて……。

「ほら。まだ万全じゃないんだから布団に戻って……」

柳下が千佳の肩に優しく手をおいたとき、突然、携帯電話の呼び出し音が鳴り響いた。

「いけない！　今日は大事な約束があったんだ！　さっき話した、獣人病が治ったらしいと噂の獣人と知り合いだっていう男と会うんだよ。貴重な情報提供者なのに、約束に遅れるわけにはいかないだろう?」

液晶画面を見るなり立ち上がると、柳下は慌てて帰り支度を始める。

「獅子谷、集めた客たちのサンプルは？」

「いつもの冷蔵庫の中だ。勝手に持っていけ」

「お前のサンプルもちゃんとあるんだろうな？」

「ああ。見りゃ分かる。さっさと持って帰れ」

獅子谷が素っ気なく返事をするが、柳下は気にする様子はない。

「じゃあ、わたしはこれで失礼するよ。何かあったら遠慮なく呼んでくれ」

そう言って大きなドクターバッグを手にすると、柳下は足早に部屋を出ていった。

「まったく、慌ただしい奴だ」

獅子谷が溜息交じりに言いながら立ち上がる。

「蕎麦でも食いながら、おやっさんの話……聞かせてくれるか」

「あ、はい」

頷くと、獅子谷は散らばった作務衣の残骸(ざんがい)を拾い集め、無理矢理腰回りを覆い隠した。そして、そそくさと襖の向こうへ姿を消した。

部屋を出るとき、鴨居(かもい)に頭をぶつけないようひょこっと背中を丸める様子が、無骨な態度とは裏腹にとても愛らしくて、千佳は思わずくすっと笑ってしまう。

「笑ったのなんて……久しぶりだな」

小さく呟きながら、改めて自分が寝かされていた部屋を見回した。そこは六畳の和室で、正面に獅子谷が出ていった襖があり、右側は障子、左側を襖で仕切られている。千佳の後ろには床(とこ)の間があって、古そうな水墨画が飾られていた。

「でも、これからどうなるんだろう……」

養父の弟子だという獅子谷に会えたが、不安が消え去ったわけではない。自分を育ててくれた祐造が獣人だったなんて、十八年の人生がひっくり返るような事実を突きつけられ、つい泣き言が漏れる。

「だ、だめだめっ！　泣いてばっかりで情けない奴だって思われちゃう」

千佳は己を叱咤するように、ピシャッと両手で自分の顔を叩いた。

そのとき、襖が勢いよく開け放たれた。

「待たせたな」

新しい作務衣を身に着けて頭にタオルを巻いた獅子谷が現れ、ちゃぶ台を布団の横にそっと置く。そしてすぐにとって返すと、今度は丼をのせた丸盆を手に戻ってきた。

「ちょうど、今日の仕込みが終わったところだったんだ。打ち立てだぞ」

ライオンの姿で服を着た姿に違和感を覚えたが、それよりも部屋中に広がる出汁の香りが千佳の胃袋を刺激する。

「イイ匂い」

物心ついた頃から嗅ぎ慣れたかつお出汁と醤油の香りに、千佳はうっとりと目を閉じた。

「ざるより、かけのほうがあったまるだろうと思ってな」

獅子谷がちゃぶ台に丸盆を置いて千佳を促す。

「布団から出ても大丈夫か？」

「はい」

千佳はコクリと頷くと、いそいそとちゃぶ台に近づき、湯気を立てる丼を覗き込んだ。蕎麦は細めで、出汁は醤油の色がしっかりついている。丼の真ん中には焼いた白ネギが二切れちょこんと添えられていた。祐造が店で出していたかけ蕎麦と本当にそっくりだ。

「父さんの、かけ蕎麦だ」

懐かしさに胸がぎゅっとなるのを感じながら小さく呟く。

「見た目は似てるが、味は違うはずだ。口に合うか分からんぞ。俺の蕎麦は特別だからな。だが、弱ってる今のお前には滋養があっていいはずだ」

頭に巻いたタオルを外しながら、獅子谷が無愛想に吐き捨てた。

「ほら、冷めないうちに食え」

千佳は余ったパジャマの袖を捲ると、丼と箸（はし）を受け取った。そして、ちらっと獅子谷を見て「いただきます」と言って軽く頭を下げる。

小ぶりの丼に盛られた蕎麦の量が控えめなのは、千佳の体調を気遣ってくれたのだろうか。

箸を持ったまま両手で丼を支え、ふーふーと息を吹きかけてから、千佳は唇を丼の縁につけた。そして、そっと出汁を啜（すす）る。

舌に触れた味は、祐造の作る出汁よりほんの少し甘めだった。

けれど、素朴な味わいに気持ちがホッとする点はそっくり同じだ。

「美味しい……」

俯いたままそう言って、千佳はずずっと洟を啜った。堪えようとしても、どうにもできなかった。涙がぽとりと丼の中へ落ちるけれど、両手が塞がっていて拭うことができない。

嗚咽を噛み殺し、千佳は泣きながら蕎麦を食べた。

蕎麦のコシやのど越し、口腔から鼻腔、そして喉にまで広がる独特の蕎麦の芳香。

何もかもが、亡くなった祐造を思い起こさせる。

無言で泣きながら蕎麦を食べる千佳を、獅子谷は黙って見守ってくれていた。

やがて、蕎麦をすべて食べ終えて出汁をきれいに飲み干すと、千佳は丼と箸を丸盆に戻した。

「ごちそうさまでした」

ゆっくりと獅子谷に向き合って手を合わせ、静かに頭を垂れる。

「なんだか懐かしい味がして、すごく、美味しかったです」

身体中が汗ばむほどあたたかくなったばかりか、運動したときみたいに胸の鼓動が高鳴っていた。「特別」で「滋養がある」と言うだけあって、変わった材料でも混ぜ込んでいるのだろう。

「そう言ってもらえたら、おやっさんの厳しい修業に耐えた価値があるってもんだ」

涙声を震わせる千佳に、獅子谷は鬣をぐしゃぐしゃっと掻き乱しつつ黄金色の双眸を細めた。

「たしかに父さん、口が悪くて短気だったけど……」

獅子谷の修業時代の話に、千佳は興味津々だ。

「ああ。おやっさん、シカのくせに妙に気が強くて頑固だったからな。おまけに手も早かったし、何度か角で突かれたこともある」

「シ、シカ？　角……っ？」

「ああ、ホンシュウジカだ。奈良公園にわんさかいるだろう？　アレだ」

千佳は驚くと同時に、祐造の小柄でありながら、しなやかな筋肉に覆われた体躯に納得する。

店が忙しくて学校の行事に来てくれることがほとんどなかった祐造だが、一度だけ、小学校に上がった年に運動会に来てくれたことがあった。保護者参加の徒競走で、祐造はぶっちぎりの一着だったことを思い出す。

だがその屈強な身体も、亡くなったときには随分と痩せ衰えてしまっていた。

それでも、千佳が思い出すのは、養父の元気だった頃の姿だ。

「僕は父さんの味や技を継げなかったけど、獅子谷さんみたいなお弟子さんがいてよかったって、今……心からそう思いました」

泣き笑いの表情を浮かべると、獅子谷も困ったような笑みを浮かべた。

「小さいときから、大人になったら店を継ぐよって言うたびに、父さんに『お前みたいな不器用な奴に務まるものか』って軽くあしらわれてたんです」

熱をもった瞼をそっと閉じると、厨房で蕎麦を打つ祐造の後ろ姿が浮かび上がる。

「でもそういうときの父さん、口許が笑ってて……」

「おやっさん、まんざらでもなかったはずだ」

獅子谷の言葉に、千佳は目を閉じたまま無言で頷いた。

「僕、本当の親がいなくても、すごく幸せでした。父さんには迷惑ばっかりかけてきたけど、寂しいなんて思ったこと、一度もなかった……っ」

千佳は両手で次々と溢れる涙を拭うと、獅子谷に向かって無理矢理笑ってみせた。

「無理して笑うこたぁねぇ」

意外な言葉に、千佳は涙で濡れた目を瞬く。

「え？」

獅子谷は横を向いて鬣をぐしゃぐしゃと掻き乱しながら続けた。

「血が繋がってなかろうが、家族が死んだら悲しくて当然だ。お前にとっちゃ、おやっさんは紛れもなく父親だったんだろう？　だったら思いきり悲しんで、思いきり泣けばいい」

そう言って、とうとう背中を向けてしまう。

「お前みたいな息子がいて、きっとおやっさんも幸せだったろうよ」

目を合わせようとしないのは、千佳を気遣ってのことだろうか。

「気の済むまで泣いて、そんで泣きやんだら、前を向いて生きていきゃいいだけだ」

大きな背中を丸めて吐き捨てるように言うと、そのまま黙り込んでしまった。

泣いたら、祐造が安心して天国に行けない——。

死んだ養父に心配をかけたくなくて、千佳は涙が溢れそうになるのを我慢してきた。

でも本当は、怖い、つらい、寂しい……悲しいといった気持ちに押し潰されそうだったのだ。

『思いきり悲しんで、思いきり泣けばいい』

獅子谷に言われた瞬間、ずっと心に蓋をしていた重しがとれたような気がした。

直後、双眸からどっと涙が溢れる。

「っう、うぅ……っ」

すぐに、視界が涙で曇る。鼻が詰まって、何度もみっともなくしゃくり上げながら、千佳は声をあげてわんわんと泣いた。

「うぁあ……っ！　父さんっ。とぉ……さんっ」

六畳の和室に千佳の泣き声が響き渡る。背中を丸めて肩を激しく震わせ、溢れる涙を拭うパジャマの袖がぐしょぐしょになるのも構わず泣き続けた。

そのとき、不意にふわりと背中から抱きかかえられた。作務衣の少しごわついた感触に続いて、かつお出汁と醤油の匂いが千佳の鼻腔をくすぐる。

獅子谷が、千佳をそっと抱き締めてくれたのだ。

「あ、あのっ」

慌てて顔を上げようとするが、逞しい胸の中にすっぽり包み込まれてしまう。

「遠慮するな」

早口で告げると、獅子谷は大きな掌で頭を撫でてくれた。

——獅子谷さん……？

気恥ずかしく思いつつも、千佳は養父と同じ作務衣の胸に静かに身を預けた。鬣が頬や頸に触れるのが、くすぐったいけど心地いい。

しゃくり上げる肩から背中にかけて、獅子谷は無言のまま何度も摩ってくれる。

ぬいぐるみを思わせるぬくもりに包まれるうち、千佳は徐々に落ち着きを取り戻していった。

「すっきりしたか？」

不意に耳許に問いかけられ、ハッと我に返る。

「あ……」

肩越しに見上げた視線の先で、獅子谷が穏やかに微笑んでいた。

ライオンの顔なのに、なんともいえずやわらかな表情だったのだ。細めた目は穏やかで、閉じた口がWの形になっている。文字どおり、くしゃっとした笑顔だ。

人間からライオンに変化しても、ずっと険しい表情ばかり目にしていた千佳は、あまりのギャップに声を失い、瞬きも忘れて見蕩れてしまう。

「なんだ？　俺の顔に何かついてるか？」

「ううん。獅子谷さんの笑顔見たら、なんか……ホッとしちゃって」

「は……？　俺、笑ってたのか？　いや、その……変に引き攣ってたりしてねぇか？」

獅子谷が困惑の表情を浮かべるのと同時に、千佳の胸がトクンと小さく跳ねた。

——あれ？　なんだろ、僕。

胸の奥に、チリチリと焼け焦げるような痛みが走る。

「おい、大丈夫か？」

はじめて味わう感覚に茫然としていると、獅子谷が心配そうに顔を近づけてきた。

「急なことで、お前も大変だったな」

獅子谷は目を細めると、逞しい腕をそっと伸ばしてきた。人の手と形は同じでも、その手はびっしりと短い体毛に覆われていて、指先からは黒い鉤爪が覗いている。

「よく訪ねてきてくれた。もう大丈夫だ」

そう言うと、尖った爪を器用に引っ込めて、千佳の頭をくしゃりと撫でた。

獅子谷の手は大きくて分厚くて、小柄だった養父の手とは似ても似つかない。それなのに、千佳はどうしてだか、亡くなった養父に頭を撫でられているような錯覚を覚えた。

ちょっと乱暴で、けれど愛情が伝わってくる養父の触れ方が、千佳は大好きだったのだ。

「おやっさんの息子に不憫な想いはさせねぇ」

ひとしきり頭を撫でて、獅子谷が千佳を抱き竦める。

千佳は獅子谷の顔を見上げた。黄金色の双眸に、肉食獣特有の荒々しさは感じられない。細めた目でまっすぐに千佳を見つめる表情には、静かで揺るぎない自信が溢れていた。

「お前を一人前にして世間に送り出してやってくれと、おやっさんの手紙に書いてあった。俺はおやっさんに恩がある。俺を信じてお前を寄越してくれたおやっさんの気持ちに応えたい」

言葉を区切り、獅子谷がゴクリと喉を鳴らした。

「ああ……。それにしても」

そして、ゴロゴロと喉を鳴らしながら上擦った声を漏らす。

「お前、なんでそんなにいい匂いがするんだ……？」

そう言って千佳の旋毛に鼻先を擦りつけて匂いを嗅いで、うっとり酔い痴れたように呟く。

「髪はサラサラで、栗色の丸い目もめちゃくちゃ、かわいいし……。食っちまいてぇなぁ」

徐々に腕に力を込め、鼻息を荒くする獅子谷の言葉に、千佳は耳を疑った。

——今、なんて言った？

「あ、あの……獅子谷さんっ！」

ぎょっとして分厚い胸を押し返すと、獅子谷がハッと我に返った様子で腕を解く。

「す、すまねぇ……っ」

獅子谷は明らかに動揺していて、バツが悪そうに目を伏せた。

「お、お前はおやっさんの大事な息子で、数少ない仲間だってのに……」

——仲間……？

千佳の胸が違和感にざわめく。

柳下や獅子谷の話を聞いても、千佳はどうしても自分が彼らと同じ獣人だとは思えない。それどころか、人間だという確信めいたものを感じていた。

「疲れてるのに、一度にあれこれと長話をして悪かった。とにかくゆっくり休め」

獅子谷はそう言うと、空の丼がのった丸盆を手にしてそそくさと背を向けた。作務衣の腰からはみ出したしっぽが、腿の間に隠れるみたいに萎れている。

「何かあったら、遠慮なく声をかけてくれよ」

少し上擦った声で告げると同時に、襖が勢いよく閉じられた。

豹変した獅子谷の態度を訝りつつ、千佳はごろりと横になると頭からすっぽり布団を被った。

布団の中で瞼を閉じると、拭いきれずにいた孤独と不安がいっそう強くなった。

千佳が獣人じゃないと判明したら、獅子谷はそれでもここに置いてくれるだろうか。

いや。理由は分からないが、獅子谷は人間に対してわだかまりがあるように見える。

恩のある師匠の子でも、人間を預かることはないだろう。

「獣人じゃなかったら、僕は……本当にひとりぼっちなんだ」

激しい孤独感が、千佳を包み込む。

——結局、僕は「鹿野や」の勝手口に捨てられたときから、ずっとひとりなんだ。

本当の親に捨てられても、祐造がいたから寂しいと思っても我慢できた。血は繋がっていなくても、本当の親子のように信頼していたから。

けれど、千佳が人間の子だと分かっていたら、祐造は同じように育ててくれただろうか？

——父さん。僕は……何者なんだろう。

祐造の面影を思い浮かべるうち、やがて千佳は静かに眠りの淵へ沈んでいったのだった。

【二】

ひどくショックなことがあって、どうしようもないくらい落ち込むと、眠れないどころか夢の中へ逃げ込むみたいに深い眠りに落ちるということを、千佳ははじめて知った。

「眠れやしないって、思ってたんだけどな」

朝、目が覚めると同時に飛び込んできた天井の染みに、昨日の出来事が夢ではなかったのだと思い知る。

「獣人だとか、急に言われても困るよ」

むくりと起き上がって独りごちたところへ、襖が勢いよく開け放たれた。

「おはよーっ！　起きてーっ！」

そして、何かがボールみたいに跳ねながら千佳に飛びかかってくる。

「うわぁっ！　な、な、な……なに？」

勢いに負けて布団に倒れ込んだ千佳の顔を、マッシュヘアの女の子が覗き込んだ。その髪色は赤みがかったきれいな金色をしている。

「お兄ちゃん、いつまで寝てるのよ。もう朝ごはんの時間よ」
四、五歳というところだろうか。口調は大人びているが、少し舌足らずなところが幼さを感じさせた。ふと見れば、細い腕に大きな子猫のぬいぐるみを抱いている。

しかし、千佳はすぐにそれがぬいぐるみではないと気づいた。しっぽと耳がピコピコ動いていて、テレビで見たトラの赤ちゃんにそっくりだった。

「も、もしかして……トラの赤ちゃん？」

状況が理解できず戸惑う千佳の肩に、続けてマッシュヘアの男の子がしがみつく。

「兄ちゃん、どこから来たんだ？」

質問に答えないまま、千佳はふたりの顔を交互に見やった。彼らはひと目で双子と分かるくらい顔がそっくりで、外国人の子かと思わせる金髪に琥珀色の瞳という容姿をしていた。男の子はTシャツ、女の子はワンピースを着ているが、その生地は色違いのお揃いだ。ちなみに、女の子が抱いた子トラの毛も、ふたりと同じ夕焼け色を思わせる金髪に黒の縞模様だった。

すると突然、子どもたちの頭に、丸みを帯びた耳がにょっきりと現れた。

「え……？」

それだけじゃない。ふたりの尻からは縞模様の長いしっぽが伸びていて、ゆらゆらと楽しそうに揺れている。彼らの服には、ちゃっかりしっぽ用の穴が空いていた。

獅子谷と異なり、耳としっぽだけが生えた子どもたちの姿に、千佳は動揺を隠せない。

「どうなってんの……？」

呆然としていると、男の子が布団に上がってきた。

「なあ。兄ちゃんはなんの獣人だ？　ライオン？　それともシマウマ？」

「は？」

突然の問いかけに答えられずにいると、女の子が身を乗り出してきた。

「バカねぇ。哲おじさんの話、ちゃんと聞いてなかったの？」

両手を腰にあて、えへんと胸を反り返らせる。

「お兄ちゃんの名前は千佳っていって、シカの獣人よ。だからあたし、お兄ちゃんのことはバンビちゃんって呼ぶことにしたの」

「バンビ？　何、それ？」

「あんたバンビも知らないの？　シカの子どものこと、バンビっていうのよ」

千佳は呆気にとられながら、ピコピコと動くトラの耳に目を奪われた。

――この子たちは、いったい……？

そのとき、家全体を揺るがすような咆哮が響き渡った。

「コラァーッ！」

部屋の入口に現れた獅子谷が鬣を逆立てて、腹の底に響くような怒声を浴びせる。

「コテツ、ミコ！　勝手に入るなって言っただろうが！」

「だって昨日、バンビちゃんに会わせてくれなかったんだもん！」

ミコと呼ばれた女の子が唇を尖らせる。

「そうだぞ！　おっちゃんばっかり狡（ずる）い！　オレもバンビちゃんと遊ぶ！」

男の子――コテツが千佳の肩にしがみついて獅子谷を睨み返した。

「うるさい！　千佳は疲れてるんだ。いきなりじゃれつくな」

獅子谷は呆れ顔で溜息を吐くと、ミコを子トラごと軽々と抱き上げ、続けて千佳の背中に隠れたコテツの首根っこを捕まえた。

「ところで、ミコ。バンビちゃんってなんだ」

コテツをぶら下げたまま、獅子谷がミコに訊ねる。

「ふふっ。お兄ちゃんのことよ。あたしが考えたの。小さいお顔とか栗色の髪の毛とか、丸くてかわいい目とか、バンビみたいにかわいいでしょ？」

「……たしかに、小さくて細っこくて、子ジカってのがぴったりだな」

獅子谷がちらっと千佳を見て頷く。

「お前さえよければ、バンビちゃんって呼ばせてやってくれねぇか」

「えっと……」

千佳の身長は一七〇センチに届かない。それに祐造と違って筋肉もあまりついていなくて、華奢な身体つきだ。そのことを千佳はほんの少しだけ気にしていた。

けれど、幼いミコが考えてくれたと思うと、安易に拒否もできない。

どうしたものかと考えていたとき、獅子谷に宙づりにされていたコテツが手足をばたつかせて暴れ出した。

「くそぅ！　放せよ、おっちゃん！」

「暴れるんじゃねぇ。肩車してやるから」

獅子谷が面倒くさそうに吐き捨てると、コテツがパッと顔を輝かせた。

「やった！　おっちゃんの肩車、大好き！」

次の瞬間、獅子谷が天井へ向けてひょいっとコテツを放り上げた。

コテツは空中でくるっと一回転したかと思うと、獅子谷の肩の上へと着地してみせる。しかもその姿は、人の子どもから子トラへと変化していた。

「みゃう〜ん」

コテツは目を細めて喉を鳴らしながら、獅子谷の肩の上で鬣に頭を擦りつけたりしている。

「な……。さっきまで……え？」

驚愕のあまりまともに言葉を発せないでいると、獅子谷が脱げたコテツの服を拾いながら苦笑を漏らした。

「こいつら、フェロモンが足りてなくて変化が安定しないんだ。実は昨日、柳下といっしょに戻っていたんだが、お前、まだ寝てたから会わせるのが遅くなっちまった」

布団のそばに胡坐を掻いた獅子谷の腕の中から、すかさずミコが口を挟む。

「お月様のない日は、哲おじさん、すごくきょーぼーになるから、先生のところに避難するの」

「おい、ミコ！　余計なこと言うな！」

獅子谷が慌てふためいて大きな手でミコの口を塞ぐ。

トラの子をあやすライオンの獣人の姿は、現実のものとはとても思えない。

一度は獣人の存在を受け入れたつもりだったが、目を疑う光景を目の当たりにして、千佳はやはりまだ夢うつつといった心持ちだった。

同時に、柳下の言葉を思い出していた。

『肉食獣人は新月の夜になると、自分ではコントロールできないほど強烈で膨大な量のフェロモンを発して、発情状態に陥ったり凶暴化したりする特質があるんだ』

自分に襲いかかってきたライオンの姿が脳裏に浮かぶ。地響きのような咆哮をあげ、鋭い牙で服を引き裂き、そして——。

「……っ」

強い恐怖が蘇り、千佳はぶるっと身震いした。

「ねぇ、バンビちゃん。大丈夫？」

ミコが子トラを抱いたまま、千佳の顔を心配そうに覗き込む。

千佳はハッと我に返ると、慌てて笑ってみせた。

「うん、大丈夫。ちょっとびっくりしただけ」

言いながら、千佳はそっと獅子谷の表情を窺った。

すると、一瞬目が合った後、獅子谷は昨日と同じようにふいっと目を伏せた。そして、ミコが抱いた子トラを見つめたまま話し始める。

「獣人は特有のフェロモンをもっていて、そのフェロモンは獣人の成長や姿形の変化、そして種族ごとに特化した能力の強弱に強く影響するんだ」

「種族ごとに、能力が違うんですか？」

「ああ。イヌやオオカミの獣人は鼻が利くし、性格も真面目な奴が多い。おやっさんたち草食獣人は、足が速くて音に敏感だ。つまり、俺たち獣人はもとの動物の能力を備えているんだ」

「そういえば、父さん。すごく足が速かった。それに、雨の匂いが分かるとか言ってたな……」

祐造には雨を予知するという特技があった。どんなに晴れていても、天気予報で降水確率がゼロパーセントでも、祐造が降ると言えば必ず雨が降るのが千佳には不思議でならなかった。

「天気に関しては、どの獣人も敏感だ。野性の本能みたいなもんだな」

なるほどと頷く千佳に、獅子谷がさらに続ける。

「だが、人間にも身体が弱い者や、運動が苦手な者がいるのと同じように、獣人もフェロモンや能力に個体差がある。何らかの理由でフェロモンが弱くなって、獣化できない獣人も多い」

聞けば聞くほど、すぐには理解できそうにないことばかりだ。

「ところで、あの……。獅子谷さんはライオンですよね？　でも、この子たちはトラで……」

見る限り、この古民家には獅子谷とトラの兄妹たちだけが暮らしているようだった。種族の違う四人が何故こんな山奥でいっしょに暮らしているのか、その理由が千佳には想像できない。

出会ったばかりでこんなことを聞くのは失礼かと思いつつ、上目遣いに獅子谷の表情を窺う。

すると、千佳の疑問を見透かしたかのように、獅子谷が静かに答えてくれた。

「俺が若い頃に世話になった人の子で、事情があって引き取った」

すかさず、ミコが口を挟んでくる。

「バンビちゃんもパパやママ、いなくなっちゃったんでしょ？」

「え」

屈託のない表情を向けるミコに、千佳はなんと答えればいいのか分からなかった。

黙り込み、深く項垂れていると、ミコが心配そうに顔を覗き込んでくる
「でも、あたしたちがいるから、もう寂しくないわ。だから、泣かないで？」

千佳は俯いたまま、口の端を引き上げて小さな声で答える。

「大丈夫。ちょっと、疲れただけだよ」

「そうだな。飯を食えば元気になる。もう支度はできてるから、朝飯にしよう」

獅子谷は子トラを抱いたミコを畳の上に立たせると、コテツを肩にのせたまま立ち上がった。

そして、いつの間に用意していたのか、作務衣を一式、千佳に手渡す。

「これに着替えればいい」

そう言うと、千佳の頭をぽんと優しく叩いて部屋を出ていく。

「ありがとう……ございます」

項垂れたまま、そう言うのが精一杯だった。

すると、かわいらしい耳としっぽをしゅんとさせて、ミコが小さな手で千佳の手を握った。

「バンビちゃん、大丈夫？」

「うん」

「じゃあ、いっしょに朝ごはん、食べよ？」

食欲なんてなかったけれど、期待に目を輝かせるミコの誘いを断ることなどできなかった。

「……分かったよ」

頷くと、獅子谷に手渡された藍染の作務衣に着替え始める。

手にした作務衣を広げると、ちょうど千佳の身体に合いそうなサイズだった。

「ちょっと前までお店にいたネコちゃんが着てたの。しっぽの穴は塞いであるって」

ネコちゃんとは、多分、獅子谷の店を手伝っていたネコの獣人のことだろう。

「そうなんだ」

相槌を打つと、ミコは呆れ顔で腕を組み、愛らしい唇をツンと尖らせた。

「哲おじさん、あの顔ですぐにガオガオ怒鳴るから、みんなすぐにいなくなっちゃうの」

そう言って、大人びた態度で溜息を吐く。

「黙ってれば、立派な鬣がかっこいいイケおじだと思うの。けど、とにかくすぐに怒鳴るんだもの。怖がられて当たり前よね。それにお蕎麦を打つ以外、馬鹿力ぐらいしか取り柄がないの」

「厳しいなぁ」

パジャマから作務衣に着替えながら、千佳はくすっと噴き出してしまった。

——あれ、僕、笑ってる？

さっきまで最悪だってくらい気分が落ち込んでいたのに、いつの間にかミコのペースに巻き込まれて自然と笑っていることにハッとなる。

そんな千佳の手をとって、ミコがにっこり微笑んだ。

「バンビちゃん、笑ったほうがうんとイケメンよ」

もしかすると、ミコは千佳を励まそうとして、一生懸命にお喋りしてくれているのだろうか。

「哲おじさんの笑った顔は、なんか変なの。バンビちゃんのほうが何百倍もステキだわ」

「そう？　ありがと……」

こんな小さな子に気を遣わせてしまったのかと思うと、千佳は自分が恥ずかしくなった。

「じゃ、バンビちゃん。朝ごはん、食べよう！」

ミコに手を引かれて正面の襖から部屋を出ると、そこは土間に面した八畳間で、丸い座卓が三脚置かれてあった。土間に向かって右側には庭に面した縁側、左側には板間が続いている。

「ここで、お客さんに食べてもらってるの？」

「うん。そっちとこの囲炉裏(いろり)のお部屋がお店なの」

家の一部をそのまま店として使っているらしい。

言葉どおり、四畳半の板間の中心に小さな囲炉裏が見えた。

ミコは赤ん坊を抱いたまま、その板の間へと千佳を促す。

「バンビちゃん、遅いよぉ。オレ、お腹ぺこぺこで死んじゃいそうだ」

囲炉裏の脇にはコテツがちょこんと座っていて、千佳の顔を見るなりぷうっと頬を膨(ふく)らませた。

いつの間にか人の姿に戻っているが、トラの耳としっぽが出たままだ。

「お、着替えたな」

すると板間の奥へ続く厨房らしき部屋から、獅子谷が暖簾をめくって顔を覗かせた。

ライオンの顔で頭にタオルを巻いて作務衣を着た姿は、やはり珍妙で違和感しかない。獅子谷の大きな口から白い牙が覗くたび、千佳はちょっと身構えてしまう。

「おやっさんの子だけあって、作務衣が似合うじゃねぇか」

獅子谷が眦を下げて、しげしげと足の先から頭のてっぺんまで眺める。

「そうですか?」

「ああ。本当によく似合ってる。うん、すごく似合ってる」

獅子谷の声が心なしか上擦っているように聞こえるのは気のせいだろうか。

手放しで褒められて、千佳はちょっと恥ずかしくなった。

「と、とにかく飯にしよう。ミコ、タイガの飯だ」

獅子谷はハッとすると、子トラを抱いたミコに哺乳瓶を渡し、再び暖簾の向こうに姿を消した。

ミコは囲炉裏端に腰を下ろすと、子トラの口に哺乳瓶をちょんちょんとあてた。

すると、子トラは哺乳瓶の乳首にぱくっと食いつき、勢いよく吸い始める。哺乳瓶の中には白濁した液体が入っているが、ミルクにしては色が薄い。

「その子、タイガって名前なんだね」

千佳は腰を下ろすと、夢中で哺乳瓶を吸い続ける子トラを見つめた。

「そう。パパが虎っていう字を入れて、あたしたちの名前つけてくれたの」

ミコが自慢げに微笑んで、コテツは虎徹。ミコは美虎。そして、タイガは虎牙と書くと教えてくれた。

千佳の名は、本当の親がつけてくれたものだ。祐造に拾われたとき、添えられていた手紙に「千の佳きことが訪れるように名付けた」と書かれてあったという。

「ほら、待たせたな」

そこへ、獅子谷がカラフルな二枚の皿を手にやってきた。子トラたちの前に一枚ずつ皿を置くと、またすぐ厨房へとって返す。

皿はプラスチック製で、ウサギがデフォルメされたかわいらしい絵が描かれていた。揃いのフォークが皿にのせられている。

——カワイイお皿だな。

おそらく、子トラたちのために獅子谷が揃えたものに違いない。

皿には繭の形に整えられた蕎麦がきが盛られていて、端に粒あんときな粉が添えてある。

「蕎麦がきが、朝ごはんなんだ?」

千佳の呟きに、厨房から戻ってきた獅子谷がすかさず答えてくれる。手にはピンクの皿と蕎麦がきが山盛りにされた丼茶碗を持っていた。

「ウチの朝飯は蕎麦がきって決まってるんだ」

答えながら、獅子谷が千佳の前にピンクの皿を置く。盛られたハート形の蕎麦がきのかたわらには、あんこときな粉、そして刻まれた茎わさびが添えられている。

「あーっ!　バンビちゃんのだけハート形になってる!」

「オレのより三つも多い!　えこひーき狡いぞ!」

千佳の皿を見て、子トラの兄妹が不満の声をあげた。

「歓迎の意味を込めて、ちょっと手をかけただけだろうが。それぐらいでギャーギャー言うな」

獅子谷は千佳の右手側に腰を下ろすと、頭のタオルを外してぶっきらぼうに答えた。

「えーっ！　いやだ。オレももっと食べたい！　食べたい食べたい、たーべーたーいーっ！」

フォークを手にコテツが頰を思いきり膨らませて駄々をこねるが、獅子谷は知らん顔だ。

千佳は黙って見ていられなかった。

「コテツくん。僕、こんなに食べられないからどうぞ」

膝立ちになって、自分の皿からコテツの皿に蕎麦がきをふたつ移してやる。

「やったぁー！　ありがとう、バンビちゃん」

すると、獅子谷が耳を倒してどことなく悲しげな表情でぼそりと千佳に問いかけてきた。

「もしかして、蕎麦がきは苦手だったか？」

「いいえ、大好きです。せっかく作ってくれたのに、気を悪くしたのなら……ごめんなさい」

「そうか。だが、まあ……食べたいものがあるなら遠慮なく言えよ」

獅子谷が目を細めるのが、千佳にはかえって気を遣わせているように感じる。

「本当に大好きなんですよ、蕎麦がき。父さんがときどき、おやつに作ってくれてたし」

「鹿野や」でも蕎麦がきを提供していたが、添えるのはおろしわさびと決まっていた。

「でも、あんこのトッピングははじめてで、ちょっとびっくりです」

千佳が大袈裟（おおげさ）に驚きの声をあげると、獅子谷の耳がピンと立ち上がる。

「ガキどもが食べ易いよう試しに出してみたんだが、これが結構イケるらしくてな」

答えつつ、獅子谷は囲炉裏にかけてあった鉄瓶でお茶を淹（い）れ始めた。囲炉裏端に置いた大きな土瓶に鉄瓶の湯が注がれると、蕎麦茶の香りがふわりと広がる。

そうして、蕎麦茶の入った湯呑みを千佳に手渡すと、獅子谷は腕を伸ばしてミコからタイガを受け取り、胡坐を掻いた脚の上にのせた。

「よし、じゃあ食うか」

獅子谷が目配せすると、コテツとミコが元気よく「いただきます」と声を揃えた。

それを見て、慌てて千佳も子どもたちに倣って手を合わせる。

「い、いただきます!」

「お、いい声だ。だいぶ調子が戻ってきたみたいだな」

子トラたちにつられてハキハキした声を発した千佳を見て、獅子谷は満足そうだ。

「柳下がお前のこと、草食獣人だろうと言っていただろう? もともと獣化しにくいってのもあるだろうが、人間だと思って暮らしてきたせいでフェロモンを発する機能が弱まっているんじゃないかとも言っていたんだ。だから俺の蕎麦でフェロモンを摂れば、それが呼び水になって自分でフェロモンが出せるようになるんじゃないか……って話らしい」

「はぁ」

獅子谷が言葉を選ぶようにして一生懸命に説明してくれるが、千佳にはどうもピンとこない。

「まあ、とにかく。しっかり食って元気になれ」

「哲おじさんの蕎麦がき食べてたら、きっとすぐに獣化できるわ」

「フェロモンたっぷりだからな!」

獅子谷と子トラたちに励まされ、千佳は引き攣った作り笑いを浮かべた。

「うん、そうだね」

そうして、蕎麦がきに目を向けるふりをしてふいと顔を伏せる。

獅子谷の話を聞けば聞くほど、千佳は自分が人間以外の何者でもないという確信を強くした。

思い返せば、祐造は雨を予知したり運動神経以外にも、人よりずば抜けて優れた能力を備えていたように思う。きっと、嗅覚や聴覚が動物並みに発達していたに違いない。

しかし、千佳にはそんな能力は欠片もない。

それどころか、歩けば何もないところで躓くし、コーヒーや紅茶に塩を入れるなんてことはしょっちゅうで、自慢できる能力や特技なんてひとつもない。

だが、獅子谷は祐造が育てた子どもだという一点だけで、すっかり獣人だと信じ込んでいる。

「とにかく、お前はもうこの家の一員だ。俺や子トラたちのことは家族と思ってくれ」

獅子谷に優しくされると、どうしようもなく悲しくなった。

「獣化できるようになったら、いっしょにお山で駆けっこしようぜ。バンビちゃん」

「バンビちゃんは獣化してもきっとイケメンなんだろうなぁ。早く見てみたい」

コテツとミコが屈託のない笑顔とともに言葉をかけてくれる。

てらいのない優しさを向けられて、千佳はいたたまれない気持ちになった。

獅子谷も子トラたちも、千佳が獣人だとすっかり信じ込んでいる。

不本意ながらも、彼らを騙していると いう後ろめたさが胸を苛んだ。

「あのね、オレはあんこが好き」

不意に、コテツが千佳に話しかけてきた。

「へえ、そうなんだ」

「あたしはきな粉とお砂糖。あとね、ときどきスープみたいにしてくれるのも好き」

すかさず、ミコが話に割り込んでくる。

「おい、ミコ。オレがバンビちゃんと話してるんだぞ」

「バンビちゃんはあんただけのものじゃないのよ。誰とお話したっていいじゃない」

コテツとミコが言い争うのに、千佳はオロオロして戸惑うばかりだ。

そのとき、家を揺るがすような怒声が響き渡った。

「おい、飯の最中にケンカするんじゃねぇ。くっちゃべっていないで、さっさと食わねぇか！」

台詞（せりふ）と同時に獣の咆哮が轟き、千佳を圧倒する。

「……うわっ」

反射的に身を竦めると、獅子谷がハッとして背中を丸めた。

「おお、すまん。つい、いつもの調子で怒鳴っちまった」

鬣を掻き乱しながら詫びてくれるが、千佳の心臓はドキドキと高鳴ったままだ。獅子谷の咆哮を聞くと、最初に襲われたときのことを思い出してしまう。

「教育上、怒鳴ってばかりはよくねぇと分かっているんだが、気が短いせいかカッとなるとすぐ怒鳴っちまうんだ」

獅子谷が心から申し訳なさそうに言う。

一喝されて反省したのか、コテツとミコはおとなしく蕎麦がきを食べていた。といっても、怒鳴られ慣れているのだろう。ふたりとも落ち込んだ様子はなく、それぞれあんこときな粉で口許を汚しながら、美味しそうに平らげていく。

「僕も父さんによく怒られてたし、ちゃんと愛情があるって分かるから、大丈夫です」

祐造もどちらかというと口が悪く、千佳はしょっちゅう怒鳴られていた。

けれど、獅子谷の怒声は迫力が違う。

——やっぱり、草食動物と肉食動物の違いなのかな……。

「ああ。俺もおやっさんにはよく叱り飛ばされたもんだ」

獅子谷は膝にのせたタイガの口から、ちゅぽん、と音を立てて哺乳瓶を抜きとった。見れば、もうすっかり空になっている。

「あの、それってもしかして……」

茎わさびの風味が利いた蕎麦がきを口に運びながら、千佳はさっきから気になっていた疑問を投げかけた。

「蕎麦湯だ。タイガはまだ蕎麦が食えないから、ミルクとは別に蕎麦湯で俺のフェロモンを摂らせてるんだ」

さっきから話を聞いていても、蕎麦と獅子谷のフェロモンにどういう繋がりがあるのか、千佳にはまったく理解できない。

首を傾げる千佳に、獅子谷は一瞬、怪訝そうに目を眇めた。

「ちょっと待ってろ」

千佳に短く言うと、獅子谷はタイガを胸に抱いて大きな手でトントンと背中を優しく叩いた。

この手であんなに美味しい蕎麦を打ったり、蕎麦がきをハート形に成形するのかと思うと、なんだか不思議な気持ちになる。

少しして、まだ牙の生えていない口から「けぷっ」という音がした。

「ちょっと千佳と話があるから、お前ら奥で遊んでろ」

獅子谷がすでに食べ終わっていたコテツとミコにタイガを託し、奥の部屋に行くよう告げる。

「バンビちゃんをいじめたら許さないわよ」

タイガをしっかと抱きかかえてミコが睨む。

ほぼ同時に、コテツが心配そうな顔で千佳の手を握ってきた。

「バンビちゃん、何かあったらすぐオレを呼ぶんだぞ」

「えっと、大丈夫だと思うけど」

戸惑う千佳にコテツが耳打ちをする。

「おっちゃんにどんなに怒鳴られても、オレたちがバンビちゃんを守ってやるから、ココ、出ていったりすんなよ？」

「コラッ！　くだらねぇこと言ってないで、奥へ行けって言うのが聞こえねぇのか！」

ビリビリと襖が震え、千佳の腹にもズシンと響くほどの咆哮が板の間に響く。

「うわぁー！　そうやってすぐ怒るから、みんな出てくんだろ！」

「バンビちゃんに嫌われても知らないんだから！」

子トラたちは怖がるどころか、囃し立てながら隣の部屋へと逃げていった。

ピシャリと襖が閉じられると、獅子谷はバツが悪そうに鬣を掻き乱した。

「……っと、また怒鳴っちまった」

そして、千佳に向き合うなり、大きな身体を丸めて軽く頭を下げる。

「その、怖がらせてすまん。子育てなんかしたことがねぇもんだから、正直、あいつらにどう接していいのかまだ分からなくてな」

しゅんとなって項垂れる姿からは、百獣の王の威厳などまるで感じられない。

——父さんも、僕を育てながらこんなふうに悩んだりしたのかな。

まったく似ていないけれど、獅子谷と祐造の姿が重なって見える。

と同時に、祐造が意識を失う直前、千佳に言い残した言葉を思い浮かべた。

『とんでもなくドジなお前でも、あの仏頂面を笑わせるぐらいは、できる……だろうよ』

「たしかに、怖いです」

千佳の言葉に、獅子谷がハッとする。

「父さんから、笑わない人だって聞いてたから、どんなに怖い人なんだろうって思ってました」

千佳は淡々とした調子で、正直な想いを打ち明けた。

「でも、まさか獣人だなんて思ってなかったし、いきなりライオンに襲いかかられて、今も本当のことを言うと……戸惑ってます」

　獅子谷が悄然として項垂れる。

「あれは、その……タイミングが悪かったとはいえ、本当に……悪いことをしたと思ってる」

　バツの悪さを誤魔化すように、獣の名残が感じられる大きな手で湯呑みを手にとり、ズズッと蕎麦茶を啜る。

「新月の夜は……自分でもどうしようもなくなるんだ。おまけにお前……すごくかわいくて、いい匂いをさせるもんだから――」

　獅子谷が湯呑みをじっと凝視して、モゴモゴと低くくぐもった声で話す。

　しかし、何を言われたのか、千佳はきちんと聞き取れなかった。

「え？　なんですか？」

　少し身体を前のめりにして問い返すと、獅子谷がハッとして一気に湯呑みを呷った。

「いや、お前の言うとおりだと思ってな」

　空になった湯呑みを囲炉裏端に置いて、獅子谷は溜息を吐いた。

「それに、笑わないってのも、本当のことだ」

　赤く燃える薪の火を見つめる表情が陰りを帯びる。

「でも、僕が泣いたとき……笑いかけてくれましたよね？」

　獅子谷の胸で子どもみたいに泣きじゃくったときに見た、穏やかな微笑みを思い出す。

「俺は笑ったつもりはなかったんだがなぁ」

戸惑ったように言って首を傾げたかと思うと、獅子谷は大きな溜息を吐いた。そして、囲炉裏へ目を向けたままぼそりと切り出す。

「子トラたちのことだが……」

きゅっと眉間に皺を寄せる獣の横顔に、遣る瀬ない感情が滲んでいるように見えた。

「父親を事故で亡くしてから、母親と暮らしていたんだが、その母親も末っ子を産んですぐ、獣人病で死んじまってな」

『バンビちゃんもパパやママ、いなくなっちゃったんでしょ？』

ミコの言葉を思い出し、千佳は唇を嚙み締めた。

「親戚筋でたらい回しにされてたのを俺が引き取ったんだ」

ほんの一瞬、獅子谷の顔に陰が落ちたのを千佳は見逃さなかった。双眸が妖しく光り、長い舌で舌舐めずりする仕草から、言葉で言い表せない負の感情が伝わってくる。

「あいつらは行く先々で虐待されてたらしくてな。そのせいかいろいろな面で発育が遅れていてフェロモンが上手く作れない。だからしょっちゅう姿が変わってしまうんだ」

明るく元気な子トラたちの姿からは想像できなかった生い立ちに、千佳は返す言葉もなく黙り込んでしまう。

「そんなあいつらの前で、四六時中ムッとしてるわけにはいかねぇだろう？」

わずかに立ち上る煙の向こうで、獅子谷が眦を下げてみせた。

「笑い方なんて、知らなかったのによ」

独り言のような呟きに、千佳はこそりと落胆の溜息を吐く。

——父さん。獅子谷さんは、僕がいなくても笑ってるよ。

天然記念物並みにおっちょこちょいな自分ができることといったら、人を笑顔にすることぐらいしかない。そう思って、養父の遺言を胸に、獅子谷の店を訪ねてきた。

——でも、僕はいらないみたいだ。

獅子谷を笑顔にさせる存在は、もういる。

何より、千佳は獣人ではない。

証拠はないけれど、まず間違いないだろう。

だったら早く出ていくべきではないのか。

深く項垂れ、自問していたときだった。

「あいつらと暮らすうち、どうにか笑う真似だけはできるようになった」

「真似……？」

予想もしていなかった言葉を耳にして、千佳はおずおずと顔を上げた。

「俺が笑う真似をするのは、あいつらを安心させるためだ。怒鳴って、吼えて、唸ってばかりじゃ、子育てなんかできねぇって気づいたんだよ」

コテツとミコ、そしてタイガを引き取った当初、子どもたちは獅子谷を恐れて一睡もせず、食事も摂らなかったという。警戒心を取り除き、心を許してもらうためにも、獅子谷は毎日鏡の前で笑う練習をしたのだと教えてくれた。

「それだけ、あの子たちのことを大事に思ってるんですね」

凶暴な一面とはまるで正反対の優しさに、千佳は素直に感心する。

しかし、獅子谷は腕組みをして首を傾げた。

「笑わなきゃいけねぇって思いながら笑うのは、意外と難しいもんだぞ」

目を細めて囲炉裏を眺める姿に、千佳は違和感を覚えずにいられない。

自分に向けてくれた笑顔は、無理に作った笑顔とはとても感じられなかったからだ。

パチパチと薪がはぜる音だけが囲炉裏端に流れる。

「まあ、俺の話はどうでもいい。……実は、お前が怖がって逃げ出すんじゃないかって、さっきまでびくびくしてたんだ」

「……え？」

千佳の視界の端から太く逞しい腕が伸びてきて、燃えて短くなった薪を火の中へ放り込んだ。

思いがけない台詞に驚いて視線を上げると、中年男が目尻にいくつも皺を刻んで微笑んでいた。

獅子谷が、一瞬で人の姿に変化したのだ。

「う、わぁ……っ！」

動揺して放り投げた湯呑みを、獅子谷が素早く片手で受け止める。

「ったく、危ねぇなぁ。中が空でよかったぜ」

ほうっと溜息を吐くと、獅子谷は湯呑みに新しい蕎麦茶を注いで千佳の前に置いてくれた。

「そう驚くな。人間の姿のほうが怖くないかと思ったんだが……駄目か？」

上目遣いに千佳の表情を窺ってくる。

「そ、そんなことは……」

改めて獅子谷の顔を間近に見て、ミコの言ったとおりそこそこの男前だということに気づく。濃い焦げ茶色の癖毛は乱雑に後ろに撫でつけられていて、意志の強そうなくっきりした眉の下、切れ上がった瞳が不安げに千佳を見つめていた。少し大きめの鼻は筋が通っていて、しっかりした顎には無精髭が生えている。そして、はだけた作務衣の胸許からはうっすら胸毛が覗いていた。

「まだ、怖いか？」

獅子谷が千佳のすぐ近くまで寄ってきてさらに問う。

「い、いえっ。だ、大丈夫です」

顔が熱くなるのを感じて、千佳は無意識のうちに目をそらした。

——なんでこんなにドキドキするんだろ？

胸の動悸と顔の火照りのせいか、すっかり平静を失っていた。

「獅子谷さん、男前だし」

すると突然、獅子谷が声をあげた。

「俺が、男前？　お前、おもしれぇこと言うなぁ」

そう言ったかと思うと、胡坐を掻いた膝を叩き、白い歯を見せて笑う。口許からちらりと覗いた八重歯は、きっと大きな牙の名残だろう。

「最初にあんなことがあったから、怖がられて、逃げちまうんじゃねぇかと心配してたんだ」

たしかに、驚いた。養父やその弟子が獣人だったなんて、今もまだ夢を見ているんじゃないかと思う気持ちが残っている。

「けど……その様子じゃ大丈夫そうだな」

獅子谷の零れ落ちそうな笑顔に、千佳は言葉もなく見蕩れてしまった。子トラたちに向ける笑みとはまるで違う、太陽のように朗らかで、ライオンらしく豪快な笑顔だ。

しかし、すぐに千佳はさっきの獅子谷の言葉を思い出した。

『笑わなきゃいけねぇって思いながら笑うのは、意外と難しいもんだぞ』

もしかしてこの笑顔も真似で、千佳を安心させるために無理に笑っているんじゃないだろうか。

そんな想いが浮かんだ途端、胸の高鳴りが急激に鎮まっていった。

「あの、今も僕を怖がらせないように……無理に笑ってくれてるんですか？」

おずおずと顔色を窺うようにして訊ねると、獅子谷はハッとして目を瞬かせた。

「そう言われれば……今日はえらく上手いこと笑えてるな」

獅子谷が少し驚いた様子で顔を撫でる。やがて深く溜息を吐くと、蕎麦茶で喉を潤してから千佳をちらっと見やった。

「とにかく――」

唇をきゅっと引き結んで、再び視線を囲炉裏へと落とす。

「俺はお前が来てくれてよかったと思ってる。ただ、おやっさんが亡くなったことは、本当に残念だ……」

寂しげな横顔から、獅子谷が養父の死を心から悼(いた)んでくれているのが伝わってきた。

「……僕は、ここにいてもいいんですか?」

獣人じゃなくても――という言葉は、とても口にできなくて呑み込んでしまう。

上目遣いに獅子谷の返事を待っていると、何故かふいっとそっぽを向かれた。

「……お前、それは卑怯だろ」

「え? なんですか」

台詞の意味が理解できず、まっすぐ獅子谷を見上げたまま首を傾げる。

すると、いきなり獅子谷が吐き捨てるように言った。

「ああっ、クソッ! 当たり前に決まってるだろうが!」

ボサボサの癖毛の下から、耳が真っ赤になっているのが見える。

「お、おやっさんが死んじまって天涯孤独の身になっただけじゃなく、獣人だって知ったばかりのお前を、放り出せるわけがない」

ちらっと横目で千佳を見ると、獅子谷はコホンと咳払いをした。

「獣人として独り立ちするまで、ここにいればいい。おやっさんの手紙にもそう書いてあった」

祐造の息子というだけでそこまで言ってくれる獅子谷に対して、千佳は良心の呵責(かしゃく)を感じずにいられない。

「独り立ち……」

獅子谷がにやっとして、隣に続く八畳間を見やる。

「ウチは獣人専門の蕎麦屋でな。フェロモン入りの蕎麦を出しているんだ」

獣人は人間と同じ食生活を送っていてもまったく問題がないらしい。しかし、怪我をしたり身体が弱ったりすると、その獣人の嗜好に合った食材を食べて回復を促すという。

「肉食獣なら生肉、草食動物なら好みの草や木の実といった具合に、基本、獣人は食べて身体を治す。人間の医者にかかったところで、治してもらえねぇからな。それでも改善しないときや、命に関わるような状態のときはフェロモンを、食べる。ただし、獣人のフェロモンならなんでもいいってワケじゃねぇ」

獅子谷は淡々とした口調で、獣人の間には自然界と同じようなヒエラルキーが存在し、より上位の者のフェロモンでなければならないと言った。

「俺はそのヒエラルキーの上位に属するライオンの中でも、フェロモンが強くて分泌量も多いバーバリライオンなんだ」

「バ、バーバリ……？」

聞き慣れない言葉に首を傾げると、獅子谷がすぐに教えてくれる。

「ライオンの中でも一番の大型種だ。焦げ茶や黒の鬣が腹のへんまで覆ってるのが特徴だ」

千佳はすぐに、ライオンの姿の獅子谷を思い浮かべた。

「その俺のフェロモンを練り込んだ蕎麦を、この『獅子そば』で病気や怪我をして弱った獣人に提供しているってわけだ」

獅子谷はその強力なフェロモンを「気」のような形にして、蕎麦に練り込んでいるらしい。

弱った獣人が体内に直接強力なフェロモンを取り込むと、アレルギー反応を起こすことがある。そのため、消化されていく中で自然に摂取できるよう蕎麦という形にするのだ。

「俺のフェロモンに合う食材が蕎麦だったんだ。外国じゃパスタやパンに練り込む獣人がいるって話だ」

驚いたり感心したり、千佳は目を丸くして獅子谷の話に聞き入った。

「客の素性を人間に知られちゃ困るんで、店を開けるのは夜だけで、休みは月に一度、新月の夜だけ。今日も明け方まで、客が途切れなかった」

「え？　昨日もお店、開けたんですか？」

目覚めた千佳に、獅子谷が打ちたての蕎麦を出してくれたことを思い出す。あの後、まさか営業していただなんて、千佳はまったく気づかなかった。

「すみません。僕のせいでご迷惑かけたんじゃ……」

獅子谷が「いやいや」と顔の前で大きな手を振る。

「心配はいらねぇよ。店を開けるのは日が暮れてからだし、お前、よっぽど疲れてたのか、ぐっすり眠ってたからな」

獅子谷の言葉に、千佳はホッと胸を撫で下ろした。途端に喉の渇きを覚え、少しぬるくなった蕎麦茶をゴクゴクと流し込む。

「それでだな……。お前、店を手伝ってくれないか？　おやっさんの手伝いをしていたんなら勝手も分かるだろうし、独り立ちするための修業にもなるだろ？」

できることならなんでも手伝いたいという気持ちはあるが、かえって迷惑をかけるのではないかという不安が過った。

「僕、国宝級とか天然記念物並みとか言われるくらい、ドン臭くて不器用なんですけど……」

素直に打ち明けるが、獅子谷は意に介さない。

「ちょっとぐらいドジなほうが、愛嬌があっていいじゃねぇか。千佳は顔立ちもかわいらしいし、店の雰囲気も明るくなって客も喜んでくれるはずだ」

獅子谷が顔をくしゃっとさせて、千佳の顔をまじまじと見つめて言った。

「か、かわいいって……。お、男に使う褒め言葉じゃないと思いますけど……っ」

動揺を隠すようにぷいっと背中を向ける。

「すまん、すまん。気を悪くしないでくれよ。千佳」

機嫌をとるような猫撫で声を、獅子谷はどんな顔で口にしているのだろう。

「忙しくて俺の手がまわらないときに、できることだけ手伝ってくれればいい」

不意に、左の肩にぬくもりを感じた。

「お前がいてくれると、自然に笑えるんだ」

肩を包み込む手に、力が込められたように感じたのは気のせいだろうか。

再び、脳裏に祐造の言葉が蘇る。

『あの仏頂面を笑わせるぐらいは、できる……だろうよ』

——僕には、それぐらいしかできないんだから。

獣人でもなければ、これという特技もない。

そんな自分が居場所を得るためには、できることを必死にやるほかないと肚を括る。

千佳は小さく頷くと、肩越しに振り返った。

「お世話になるんだから、お手伝いするのは当たり前ですもんね」

そして獅子谷と向き合って正座すると、手をついて深々と頭を下げた。

「挨拶が遅れて、ごめんなさい。今日からお世話になります」

「いきなり改まってなんなんだよ。だが、まあ……こちらこそよろしく頼む」

千佳につられて、獅子谷も胡坐のまま頭を下げる。

「でも、本当にドジなんです。覚悟してくださいね」

顔だけ上げて、上目遣いに小声で告げる。

「そんなこと、気にしねぇよ」

再三の忠告もどこ吹く風とばかりに、獅子谷は白い八重歯を見せた。

「ただ、ひとつだけいいか？」

何を言われるのだろうと身構える。

すると獅子谷が少し照れ臭そうに髪を掻き乱した。

「その『獅子谷さん』て呼び方、俺はどうにも慣れねぇ。だから『哲』って名前で呼んでくれ」

「哲……さん？」

乞われるまま、遠慮がちに獅子谷の名前を口にする。

「お、おう……っ」

するとと獅子谷は何故か目許を赤く染めて相好を崩したのだった。


「熱ぅ――――っ！」

草木も眠る丑三つ刻、「獅子そば」の店内に千佳の絶叫が響いた。

「うわぁっ！　灰が……ッゲホ、ゴホゴホっ……。おい、襖開けろっ」

「鉄瓶、囲炉裏に落としやがった」

板の間に尻餅をついた千佳のまわりで、客の獣人たちが右往左往する。

「あ、あのっ、ごめんなさいっ……」

客に蕎麦茶のおかわりを淹れようとして、千佳は鉄瓶の持ち手に素手で触れてしまったのだ。

「バカか、兄ちゃん！　鉄瓶、素手で触ったら火傷するに決まってンだろ！」

長距離トラックのドライバーをしていると話してくれたネコの獣人が、おしぼりで千佳の手を冷やしてくれる。彼は人の姿をしているが、頭には茶トラのネコ耳が生えていた。

「だ、だって哲さんが素手で触ってたから……っ」

ジンジンと激しい疼きを右手に感じながら、千佳は目に涙を浮かべた。

「アイツは面の皮も手の皮もクソ分厚くできてるんだ。真似なんかするなよ」

「……うう、すみません」

がっくりと項垂れる千佳を、居合わせた客たちが心配そうに見守っていた。

「おい？　今度はなんだっ？」

そこへ、厨房から獅子谷がライオンの顔で姿を現した。手には鴨なん蕎麦の丼を持っている。

「鉄瓶に素手で触ったんだよ」

キツネの獣人が答えると、獅子谷は近くの座卓に丼を置いて急いで近づいてきた。

「なんだって？　おい、千佳。火傷したのか？」

千佳のまわりから獣人たちがさっと身を引いて獅子谷に場所をあける。

「大丈夫です。すぐに離したから、ちょっと赤くなっただけです」

「見せてみろ」

獅子谷は千佳の手を引き寄せると、火傷の具合を確かめた。

「ああ……、もみじみてぇなかわいい手が……。だが、このぐれぇなら、舐めときゃ治る」

そう言ったかと思うと、大きな鼻先を近づけ、べろりと千佳の掌を舐め始める。

「ひゃあっ！　ななな、なにするんですかぁ……っ」

チリッとした痛みと、ざらつく舌の不思議な感触にびっくりして、悲鳴じみた声をあげてしまう。

「うわぁ、ああっ。く、くすぐった……。やめっ……うわ、ザリザリしてるよぉっ」

くすぐったさに身体をくねらせていると、客たちが千佳と獅子谷を囲んで見下ろしてきた。

「おい、もっと優しく舐めてやれよ」

「哲のネコ舌よりイヌの俺のほうがいいんじゃないか？」

失敗をして迷惑をかけたというのに、客たちは怒るどころか千佳の身を案じてくれる。

「そそっかしい子だけど、愛嬌があっていい。哲の仏頂面に比べたら何倍もマシだ」

「せっかく『獅子そば』に新顔が入ったっていうのに、またすぐいなくなられちゃ寂しいからな」

「そうそう。シカだけあって、ピョンピョンちょこちょこ歩きまわるのを見てると飽きないしな」

千佳は驚いて声も出ない。「鹿野や」で同じような失敗をしたときは、クリーニング代や弁償代を請求してくる客が少なくなかったからだ。

「大事な仲間が頑張ってるのに、嗤(わら)ったり怒ったりするわけがないだろ」

ネコのトラックドライバーが目を細める。

仲間……という言葉にチクっと胸が痛むのを感じつつ、千佳は獣人たちに頭を下げた。

「あ、ありがとうございます」

「よし、これくらい舐めときゃ大丈夫だろう」

そこへ、千佳の手を舐めていた獅子谷が顔を上げる。

次の瞬間、ふたりの頭が派手な音を立ててぶつかった。

「いったぁ……」

「痛ぅ……」

千佳と獅子谷がほぼ同時に呻き声を発したかと思うと、その様子を見ていた獣人たちがどっと笑い声を発した。

「あはは、あっはっは……。なんだよ、コントみたいじゃねぇか」

「ねえ、何がそんなにおかしいの？」

奥の部屋とを仕切っている襖がそっと開き、ミコとコテツが顔だけを覗かせて、不思議そうに獣人たちを見まわした。

「コラッ！　営業中は顔出すなって言ってんだろうが！」

すかさず、獅子谷の怒声が響き渡る。

子トラの兄妹は「キャッ」と短い悲鳴を残すと、すぐに襖の向こうへ姿を消した。

その場の雰囲気ががらりと変わり、客たちも笑うのをやめてしまう。

「怒鳴ることねぇだろう、哲」

「そうよ。いつもいい子にしてるじゃない、あの子トラたち」

獅子谷はそっと立ち上がると、頭のタオルを外して獣人たちにぺこりと頭を下げた。

「今日はいろいろ迷惑をかけて悪かった。詫びに蕎麦かりんとうを用意するから、少し待っていてくれるか」

そう言うと、千佳を軽々と抱き上げた。

「うえぇ……！　て、哲さん？」

驚く千佳に目もくれず、獅子谷は大股で厨房へ向かう。

こっぴどく叱られるに違いないと、千佳はそう思った。

「おい、獅子谷！　あんまりきつく叱ってやるなよ」

「泣かせたら承知しないからな！」

背後から獣人たちが呼びかけるが、獅子谷は構わず千佳を抱いたまま厨房へ向かった。暖簾をくぐり、さほど広くない厨房に入ると、そっと床に下ろされる。ふと見れば、火傷したはずの右手の痛みがすっかり消えていた。

「あのな、千佳」

獅子谷の表情は冴えない。ライオンの顔だけれど、困惑しているのがありありと伝わってくる。

「俺から手伝ってくれと言っておいて、なんだが……」

千佳にはもう、何を言われるのか分かっていた。

店を手伝い始めて今日で三日目。初日は、きつね蕎麦とたぬき蕎麦をそれぞれ注文した客と違う客に出し、二日目は天ぷら蕎麦を畳にぶちまけた。

「よほど混雑しない限り、店の手伝いはいい」

予想していたとおりの言葉を告げられ、がっくりと項垂れる。

獅子谷の言い分(いいぶん)はもっともだと理解できる。

だが、獣人じゃない自分がここにいるためには、どんな形でもいいから獅子谷の役に立たなければいけないという負い目があった。

「でも、それじゃただの居候になってしまいます」

縋(すが)るような想いで獅子谷を見上げる。

「うっ……。だから、上目遣いはやめろっ」

意味の分からない台詞を口にすると、獅子谷はその場にしゃがみこんでしまった。

「あの、哲さ……」

大きな背中に触れようと手を伸ばした瞬間、獅子谷が頭を抱えたまま怒鳴るように声を発した。

「居候だって構いやしねぇ。かわいいお前が怪我したり、客に罵(ののし)られたりしたらと思うと……っ」

獅子谷の過保護ぶりに戸惑いつつも、千佳は自分の想いを告げた。

「気持ちは嬉しいけど、ただお世話になるだけなんて、僕がいやなんです」

藍染めの作務衣の袖を握り、さらに言い募る。

「きっと哲さんも本当は呆れてるんですよね。でも優しいから、怒らないでいてくれるんでしょ」

「いや、そうじゃねぇんだ。千佳……」

獅子谷は鬣を掻き乱しながら何度も溜息を吐いた。

「違ってても違わなくても同じです。ドジで不器用な僕だけど、哲さんのお手伝いがしたいんです」

獅子谷はひと際長く息を吐くと、千佳の頭にぽんと手をのせた。

「だったら、子守りを頼めるか？」

「子トラたちの……ですか？」

獅子谷が腰を屈め、千佳と目線の高さを合わせる。

「俺はガキどもの扱いが正直苦手だ。どうしても怒鳴っちまうし、乱暴に扱うこともある。それに、笑うのも上手くねぇしな」

そう言うと、爪を引っ込めた手で千佳の髪をクシャクシャっと掻き乱した。

「子守りといっても、俺が見てやれないときに遊んでやってくれるだけでいい」

黄金色の双眸で見つめられ、低く落ち着いた声で言われたら、断ることなんてできなかった。

「それで、哲さんが助かるなら……」

「大助かりに決まってるだろう?」

獅子谷は千佳の頭を今度はポンポンと優しく叩いた。

「よし。じゃあ、奥の部屋であいつらを寝かしつけてくれるか」

「はい」

千佳がこくんと頷くと、獅子谷は急いで囲炉裏の部屋へ戻っていった。

作務衣の大きな背中を見送りながら、千佳は自分の頭にそっと触れてみる。

まだそこに、獅子谷のぬくもりが残っているような気がして胸が苦しい。

この気持ちは、いったいなんだろう。

胸の奥の方が、痛くて熱い。

髪を撫でながら、くしゃくしゃの笑顔を向けられると、心臓がうるさいぐらいに高鳴る。

「ちゃんと、役に立たなきゃ」

自分の中に生まれた感情の正体は分からなかったけれど、獅子谷の優しさに甘えるばかりじゃいけないことはちゃんと分かる。

千佳は獅子谷が舐めて治してくれた右手をぎゅっと握ると、子トラたちの部屋へと急いだ。

「あ、バンビちゃん」

そっと襖を開けると、豆球だけが灯された部屋でミコとコテツはしっかり起きていた。

「哲さんに、君たちを寝かしつけてくれって頼まれたんだ」

「えっ！　じゃあ、バンビちゃんもいっしょに寝るの？」

コテツが耳としっぽをピョンと立てて抱きついてくる。

「そうだよ。だからちゃんと寝ようね」

コテツを抱いたまま、三つ並んだ布団の左端に横になる。真ん中の布団では、子トラの姿のタイガが丸くなって寝息を立てていた。

「……ていうか、なんかすごいね」

部屋に置かれた家具や、布団のデザインに目を瞠（みは）る。タンスは木目を活かしたカントリー調で、取っ手の部分がハートの形にくりぬかれていた。テレビ台を兼ねたローチェストには葉っぱの彫刻が施されている。そして、愛らしいレース柄のカバーをかけた掛け布団は、鮮やかな色で星やハート模様が描かれてあった。部屋の隅にはかわいらしいクッションがいくつも置いてある。

「あのクッション、哲おじさんの手作りなのよ」

「え」

千佳は絶句して、見事なキルトクッションを見つめた。

「哲おじさん、あんな顔して超かわいい物好きで、変なところで女子力高いの」

ミコは呆れ顔だ。

「へぇ、そうなんだ」

クッションのひとつを手に取りながら、勝手に頬がゆるむのを感じていた。

あの雄々しい見た目の獅子谷に、こんなかわいい趣味があったなんてびっくりしたが、けっして変だとは思わない。

いきなり襲われて、まだほんの数日しか経っていない。

けれど、最初に植え込まれた獅子谷に対する恐怖が、千佳も気づかないうちに小さくなって消えかかっている。

——だって、哲さん。すごく優しいもん。

ライオンの獣人だからって、心まで獣みたいに荒々しいとは限らない。

子トラたちのために、無理をしてでも笑おうと努力する人なのだ。

それに、千佳はあの大きな手が、どんなに優しく触れるかもう知っている。

「ほら、もう遅いから、おしゃべりは明日にして寝ようね」

千佳はコテツとミコにそっと囁いた。

そして、かすかに店の方から聞こえる客や獅子谷の声を聞きながら、ゆっくりと眠りに落ちていったのだった。

【三】


「獅子そば」の一日は、子どもたちの賑やかな声から始まる。

店の営業時間が明け方頃までということもあって、獅子谷が起きてくるのは朝の九時を過ぎてからだ。それまで子トラたちは土間で遊んだり、奥の六畳間でテレビを見たりして過ごす。

獅子谷が起きてくると朝ごはん。メニューはもちろん、蕎麦がきだ。子トラたちは獅子谷の蕎麦がきをとても気に入っていて、毎朝、それは美味しそうに平らげた。

朝食が終わると、子トラたちは襖や障子をすべて開け放って家中を駆けまわって遊ぶ。その間、獅子谷は食事の後片付けや洗濯、掃除をこなした。

『洗濯ぐらいなら、僕でもできると思うんで、任せてもらえませんか？』

千佳がそう申し出てから二十日あまりが経とうとしていた。店の仕事と家事、そして育児に追われる獅子谷を見て、黙っていられなかったのだ。

新緑の季節が盛りを迎え、日中は半袖のTシャツ姿でも汗ばむ陽気が続いている。

洗濯機から衣類を取り出しては、大きな洗濯カゴへ移す作業を繰り返した。背中では子トラのタイガがすやすやと眠っている。

洗濯機は土間から続く納戸（なんど）を通り抜けた裏庭に置かれていて、雨の日でも濡れないよう庇（ひさし）で覆われていた。裏庭はそれほど広くなく、物干し台が二脚置いてあるだけで、その向こう側は鬱蒼とした森が続いている。

「よいしょっと」

洗濯物が山盛りになった洗濯カゴを抱え上げたとき、納戸に続く勝手口から獅子谷がひょっこり顔を覗かせた。

「おい、大丈夫か？」

獅子谷が眉間に皺を寄せて近づいてくる。

ライオンの姿でも怖くないと言ったのに、獅子谷は千佳を気遣ってか、できるだけ人の姿で接するようにしているらしい。

「大丈夫です。今のところ失敗してませんよ」

「……本当に？」

獅子谷が訝(いぶか)って首を傾げる。

「いい加減、毎日洗濯の様子を見にくるの、やめてください」

包丁を持てば自分の指を切り落としかねないし、掃除をすれば余計に散らかしてしまう。千佳には獅子谷が心配する気持ちがよく分かった。

「しかし、何かあったら困るだろう？　あ、洗濯物がじゃなくて、お前が怪我しないかと……」

「哲さん！」

上目遣いに見つめ、じりじりと獅子谷との距離を詰める。

「僕、そんなに頼りないですか？」

獅子谷を助けたくてしていることが、かえって負担になっているのではと、千佳は切なくなる。

するると、獅子谷がひどく小さな声で呟いた。

「頼りないというか……一生懸命に洗濯物を干してるところが、その、かわいくて、だな……」

「……は？」

獅子谷が何を言おうとしているのか分からず、千佳は首を傾げる。

「いや、なんでもない」

獅子谷が慌てて目をそらす。その目許が、うっすらと上気しているように見えた。

「俺は仕込みをしてるから、何かあったらすぐに呼ぶんだぞ？　無茶はするな。無理もするな。いいな？　分かったな！」

獅子谷は早口でそう言うと、そそくさと勝手口へ姿を消した。

「もっと頑張らないとダメだなぁ……」

大きな背中を見送って、千佳は自嘲の溜息を漏らす。

獅子谷の役に立ちたい、役に立たなきゃいけない。

そう思うのに、心配かけてばかりの自分が情けなくなる。

「……とか言って、溜息吐いてても仕方ない！　失敗しなくなるまで頑張るぞ！」

千佳は自分に言い聞かせると、重い洗濯カゴを抱え直そうとした。

「よいしょっ……と」

次の瞬間、突然、手の力が抜けて、カゴを落としてしまった。

「え……っ？」

「……ったく、危ねぇなぁ」

直後、掠れた声がすぐ近くで聞こえ、すんでのところで洗濯カゴが受け止められた。

「て、哲さん……っ？」

家の中に戻ったはずの獅子谷の姿に、千佳は目を瞠る。

「怪我はねぇか？」

ライオンの獣人が左腕で洗濯カゴを抱え、右腕に抱きとめた千佳を見下ろしていた。

慣れたつもりでも、人間から獣人へ姿が変わるとやっぱり驚いてしまう。

「ご、ごめんなさい。さっき、偉そうに言ったばっかりなのに……」

千佳は慌てて頭を下げた。こそりと両手の指を握ってみるが、変わった様子はない。

——さっきの、なんだったんだろ？

疲れでも出たのだろうか。

「謝らないといけないのは俺のほうだ。お前が大丈夫だって言ってるのに、隠れて様子を見ていたんだからな」

獅子谷が大きな手で頭をポンポンと叩きながら言う。

「お前は細っこくて力もなくて……カワイイんだから、無理に力仕事なんかしなくていいんだ」

「やっぱり僕って、頼りないですか？」

つい、自虐的な言葉が唇から零れた。

「そ、そうじゃねぇ。怪我でもしたら、おやっさんにも顔向けできねぇだろ？」

獅子谷が慌てて言い訳じみた言葉を口にする。

「父さんは……失敗すると怒ったけど、哲さんみたいに仕事をするなとは言わなかった」

俯いたまま、サンダル履きの自分の爪先を見つめる。

「えっと、その……そうじゃなくて、お前になんかあったら、俺が……」

「哲さんが困るから、僕は何もするなってことですか？」

獅子谷が困惑に言葉を詰まらせる。

千佳を気遣っての言葉だと分かっているのに、何故か意地を張らずにいられなかった。

――こんなこと、言いたいわけじゃないのに……。

鼻の奥がツンとなるのを感じたとき、勝手口の方から小さな足音が聞こえた。

「こらーっ！　バンビちゃんをいじめるな！」

コテツの勇ましい声とともに、二頭の子トラが獅子谷に飛びかかった。

「バンビちゃんを泣かせたら、承知しないんだからっ！」

ミコと思われる一頭が獅子谷の肩にしがみつき、鬣から覗く耳に嚙みつく。

「おっちゃんのしっぽ、嚙み千切ってやるぞ！」

そう叫んだのはコテツだろう。もう一頭が獅子谷のしっぽを捕まえて齧りついている。

しかし、獅子谷にとって二頭の攻撃は、じゃれている程度でしかないのだろう。表情ひとつ変えずに、ミコとコテツを見やって溜息をひとつ吐いた。

「人聞きの悪いこと言うな。どこがいじめてるように見えるんだ」

そう言うと、洗濯カゴを千佳に預け、ヒョイヒョイとミコとコテツを捕まえる。

「放してよぉ～！」

「バンビちゃん、今、助けてやるからな！」

宙ぶらりんの状態で、子トラの兄妹がジタバタと暴れる。

「だから、いじめてなんかいないって言ってんだろうがっ！」

野太い怒声とともに、獣の咆哮が裏庭に響き渡った。

しかし、子トラたちも負けてはいない。

「吼えたって怖くないんだから！」

「怒鳴ればいいってもんじゃないんだぞ！」

作務衣の上から逞しい腕に嚙みついたり、分厚い胸を前脚で叩いたりして反撃を続ける。

「この、クソガキどもが……っ」

獅子谷が苛立ちをあらわに激しく舌を打ったところへ、千佳は慌てて声をかけた。

「あのっ、やめてください！」

途端に、獅子谷と二頭の子トラがハッとして千佳に目を向ける。

大きなライオンと子トラたちに見つめられ、一瞬たじろいだ千佳だったが、ぐっと腹に力を入れて先を続けた。

「コテツくん。ミコちゃん。僕はいじめられてなんかいないし、泣いてもいないよ」

獅子谷の腕に抱かれた二頭に向かって優しく言うと、続けて獅子谷を見上げた。

「それから、哲さん。この子たち、僕を助けてくれようとしただけなんです。だからそれ以上、怒らないであげてください」

「別に、怒ってなんかいねぇ」

獅子谷がぶっきらぼうに吐き捨てて、子トラたちをそっと地面に下ろしてやる。

すると、ミコとコテツはすかさず千佳の足許へ縞模様の身体を擦りつけてきた。

「あのね、哲さんは僕を助けてくれてたんだ。きみたち、早とちりしちゃったんだよ」

ゆっくりしゃがみ込んで、ゴロゴロと喉を鳴らす二頭の頭や背中を撫でてやる。

「ほんとか？」

「バンビちゃん、おじさんを庇(かば)うことなんてないのよ」

トラの姿なのに人の声で喋るなんて不思議だな……と思いつつ、千佳は首を振った。

「自分の失敗が情けなくて、いじけちゃったんだ。哲さんはなんにも悪くない。だから……」

千佳はそこで言葉を区切ると、まるまると肥えた二頭の子トラを同時に抱え、獅子谷の方へ顔を向けさせた。

「早とちりして、いきなり噛んだり叩いたりしたこと、哲さんに謝ろう？」

二頭はしばらくの間、顔を見合わせていたが、やがて獅子谷を上目遣いに見やると声を揃えた。

「ごめんなさい」

頭を下げるミコとコテツを前にして、獅子谷はどこか落ち着かない様子だ。だが、ゆっくりと息を吐くと、すぐに表情をやわらげた。

「分かりゃいいんだ。……その、俺も怒鳴って悪かったな」

そう言うと、二頭の頭を順に優しく撫でた。ミコとコテツも嬉しそうに目を細めて喉を鳴らす。

「ああ～っ！　もう、限界……っ！」

子トラといっても一頭で十キロはあるだろうか。その重さに千佳は耐えきれなくなって、がくんと膝を折ると同時に二頭を地面に下ろした。

「おい、大丈夫か？」

すかさず、獅子谷が心配そうに問いかけてくる。

千佳は笑みを浮かべると、両腕を獅子谷に向かって差し出した。

「な、なんだ？」

獅子谷がきょとんとするのに、唇を突き出して意地悪く告げる。

「洗濯物！　早く干さないと、お店の仕込みが遅れちゃいます」

「けど、お前……」

獅子谷はまだ不安そうだ。

「大丈夫ですって。今度はこの子たちにも手伝ってもらいますから」

千佳の言葉に、子トラたちが目を輝かせた。

「え？　なになに？」

「お手伝いだったら、あたしにまかせてよ！」

千佳は膝を屈めると、二頭に向かって語りかけた。

「こんなにたくさんの洗濯物を干すの、僕ひとりじゃ時間がかかっちゃいそうだから、手伝ってほしいんだ」

大きなカゴの中には、獅子谷や子トラの兄妹と千佳の衣類のほか、店で使っているタオルやおしぼりが含まれている。

「だから、頑張って人の姿になってくれる?」

ミコもコテツも、まだまだ変化が安定しない。今、トラの姿なのは、千佳を助けようと我を忘れたせいなのだろう。

「任せろ、バンビちゃん!」

「分かったわ! 着替えてくるから待っててね!」

そう言うと、二頭は勢いよく駆け出した。

「あ、そうか。あのまま人間になったら、裸だもんね」

二頭の子トラを見送って、ポツリと呟いたとき――。

「ワッハハッ……! アハハハッ! ははっ……あははははっ」

それまで静かに見守っていた獅子谷が、突然、大声で笑い始めた。両手で腹を抱えて背中を丸め、全身を激しく揺らしての大爆笑だ。とても、笑う真似をしているなんて感じられなかった。

――もしかしたら、真似をしてるうちに、本当に笑えるようになってきたのかな。

その目に涙の雫まで浮かんでいるのを認め、「鬼の目にも涙」という言葉が思い浮かぶ。

「あー、すげぇなぁ。千佳。かわいいだけじゃないなんて、さすがおやっさんの息子だ」

「あの、哲さん。言ってる意味、ちょっと変じゃないですか？」

獅子谷が何かというと「かわいい」という言葉を挟み込むのに違和感が拭えない。

すると獅子谷がハッとして笑うのをやめた。

「ちょこちょこ、僕に向かって……いい匂いがするとか、かわいいって――」

言いながら、千佳はほんの少しだけ羞恥を覚えた。

「そ、そんなこと……言ったか？」

ちょうどそこへ、人間の姿で耳としっぽを生やしたミコとコテツが戻ってきた。揃いのシャツにデニムのスカートとハーフパンツ姿だ。

「バンビちゃーん、お待たせ！」

獅子谷は目を丸くしたまま、固まったみたいに動かない。

「哲さん？」

千佳の呼びかけに、獅子谷は突然くるっと背中を向けた。

「じゃ、ここは任せたぞ。千佳」

そう言い残すと、足早に勝手口へ姿を消す。

「バンビちゃん、どうしたの？　早く洗濯物、干そうよ」

「やっぱりおっちゃんにいじめられたんじゃないのか？」

ミコに手を握られて、はたと我に返る。

コテツはすぐにでも獅子谷を追いかけていきそうな様子だ。

「大丈夫。なんでもないよ。大丈夫」

千佳は慌ててふたりに笑いかけると、背中のタイガの様子を窺った。あれだけまわりが騒がしかったのに、ぐずって泣き出すどころか目を覚ます様子もない。

——この子、大物になりそうだな。

胸の中でそんなことを思いつつ、千佳は子トラの兄妹に向き合った。

「あのさ、僕っていい匂い、する？」

人間の自分には分からない匂いが、獣人の獅子谷や子トラたちには分かるのだろうか。

コテツとミコはすんすんと鼻を鳴らしたが、揃って首を傾げた。

「うーん。分かんない」

「洗剤のいい匂いならするぞ？」

どうやら子トラたちには、千佳から甘い匂いを嗅ぎとることができないらしい。

——まだ小さいから、分からないのかな。

「そっか。ありがとね」

そう言って笑いかけると、コテツの前にそっとしゃがんだ。

「とりあえず、ズボンのチャック、上げようか。コテツくん」

その後、子トラたちに手伝ってもらい、千佳は無事に洗濯物を干すことができたのだった。

その日の夕方。奥の六畳間の障子を開け放ち、縁側で洗濯物を畳んでいると、獅子谷がのそりと姿を見せた。頭に巻いたタオルを外しながら、畳で眠っている子トラたちを見て舌打ちする。

「もう少ししたら夕飯だってのに、寝てやがるのか。ガキども」

仕込みを終えて店を開けるまでの間に、子トラたちの夕飯と入浴を済ませるのが日課だった。

「朝も早かったし、お手伝いもいっぱいしてくれたから、疲れたんだと思います」

トラの姿で三頭が団子みたいに重なり合って眠る様子は、見ていて心がほっこりする。

「お前はどうなんだ。千佳？　慣れない生活で……その、疲れちゃいないか？」

獅子谷は千佳の隣に腰を下ろすと、洗濯物を畳むのを手伝ってくれた。朝のやり取りを気にしているのか、どことなく歯切れが悪い気がする。

「大丈夫です。この子たちといっしょにいると、時間が経つのが早くて……その、余計なこと考える暇もないし」

ふとしたとき、亡くなった祐造のことを思い出すことはある。けれど、少し前みたいに悲しんだり、寂しく思う時間がいつの間にか減っている。

「……そうか。なら、よかった」

獅子谷が器用に作務衣を畳む様子をちらっと見やり、千佳は胸にある気持ちを打ち明けた。

「でも、哲さんには迷惑ばっかりかけて申し訳なくて……」

すると、獅子谷がこちらを見ないで千佳の頭をぐしゃぐしゃっと撫でてくれた。

「そんなことはねぇ。正直、随分と助かってる」

「……ほんと、ですか？」

大きな手を頭にのせたまま、千佳は獅子谷の横顔を見つめ返した。

「ああ」

ひと撫でしてから千佳の頭から手を離し、獅子谷が溜息を吐く。

「俺にはなかなか気を許さなかったガキどもが、お前には一瞬で懐いた。よっぽど気が合うのか、それとも精神年齢が近いのか」

意地悪くニヤリと笑って、ちらっと千佳を見やる。

「ちょっと、哲さん！　僕がこの子たちと変わらないって言いたいんですか？」

揶揄(からか)われているのだと気づき、千佳は唇を尖らせた。

「怒るなよ。そんな顔したって、かわいいだけ……」

言いかけて、獅子谷がハッとして顔を背ける。

「なんですか？　言いかけてやめないでくださいよ」

「かわいい」という言葉が引っかかったが、どう突っ込めばいいのか分からない。

すると獅子谷は鬣を掻き乱し、ぼそっと溜息交じりに呟いた。

「ガキ扱いしてるわけじゃねぇんだ。ただ……」

そこでまた言葉を区切り、窺うような目を向ける。

千佳は手にしていた洗濯物を横に置くと、獅子谷に向き合い無言で見つめた。

獅子谷が観念したように溜息を吐き、千佳と目を合わせないようにして口を開く。

「お前はよくやってくれてる。だがなぁ、あっちこっちで躓いたりぶつかったりして擦り傷やら青痣（あおあざ）を作るし、厨房に立てば砂糖と塩を間違える。タイガのおむつは前後逆だし、下手すりゃ自分の服も後ろ前に着てやがる。店に出せば注文ミスは当たり前だしよ。よくまあ、毎日飽きもせずいろいろとやらかしてくれる。そういうところがかわいい……じゃなくて、こいつらと変わらねぇって言いたかったんだが……」

迷惑をかけている自覚はあったが、獅子谷に面と向かって言われると、さすがに落ち込まずにいられない。

「僕、もしかしなくても、あの子たちより迷惑をかけてますよね。ごめんなさい」

「馬鹿野郎。そうは言ってねぇだろ」

シュンとして項垂れると、獅子谷がすかさずフォローしてくれる。

「たしかに、お前のドジっぷりには驚かされるが、なんでか……憎めねぇんだよ」

もう一度、大きな掌が千佳の頭を優しく撫でた。

「お前が一生懸命頑張ってるのが伝わってくるせいだろうな。失敗したら素直にすぐ謝るし、めげずに明るく笑ってるのを見ると、こう、助けてやらなきゃ……という気持ちになるというか、かわいいから仕方がないって……あ」

また「かわいい」と言ったことに気づいてか、獅子谷が慌てて手を離す。

その瞬間、千佳は何故か寂しさを覚えた。

離れていった手を追うように顔を上げると、すぐ目の前に黒い鼻先があった。

獅子谷が胡坐を掻いたまま、上体を前のめりにして千佳の顔を覗き込んでいたのだ。逆三角形の鼻がヒクヒクと動くと、ピンと張った髭が小さく揺れる。その奥で、黄金色の双眸が千佳を優しく見つめていた。

「あ」

目が合った瞬間、獅子谷が慌てて顔を遠ざけ、鬣を掻き毟る。

「お前が何かしでかすたび、ハラハラドキドキして……俺は気が気じゃいられねぇ」

そして、右手で軽く自分の腿を叩き、白い牙を見せて破顔した。

「とにかく、上手く言えねぇが、お前がどんなにドジで不器用だろうが、俺やガキども、それに店の客だって、お前のことを気に入ってるんだ」

獅子谷の言うとおり、わざわざ顔を見せるためだけに店に呼ばれることが増えている。

「お前のドジに怒ってた客が、お前がいないと寂しいとかぬかしやがるんだぞ。俺だとそうはいかねぇ」

千佳の心に、獅子谷の低く掠れた声がじんわりと染み込んでいくようだった。

「他人から無条件で愛されるってことは、ひとつの才能だ。自信を持て」

冗談でも、おべっかでもない。獅子谷が本心からそう思ってくれているのが、声音から伝わってくる。

「哲さ……っ」

千佳は唇を噛み締めた。そうしていなければ、嗚咽が漏れそうだった。それでも、堪えた涙がぶわりと目に浮かび、唇が戦慄く。

もし、獅子谷のところへ来ていなかったら、どうなっていただろう。

そんなことを考えるたび、たどり着く答えはいつも同じだった。

きっと、笑顔を忘れ、いつまでも俯いていたに違いない——と。

——もしかして父さんは、哲さんじゃなく僕の笑顔のために、あのメモを残してくれたんじゃないだろうか。

「……千佳？」

首が折れるほど俯いて肩を震わせていると、獅子谷が静かに呼びかけてくれる。

「ふふっ……。ごめんなさい」

無理に笑って涙を抑え込み、千佳はゆっくりと顔を上げた。

潤んだ視界に獅子谷の……雄々しくて優しいライオンの顔を捉える。

「哲さんが、あんまり優しいこと言ってくれるから、涙腺……ゆるんじゃったよ」

スンと洟を啜り、手の甲で乱暴に目を擦る。

「すまん。泣かせるつもりは……」

「うん。分かってます。ちょっと感激しちゃったんです」

言いながらも、胸にかすかな痛みを覚える。

「父さんには、小さい頃からいっぱい叱られたり怒鳴られたりしました。けど、父さんはけっして僕を否定しなかった。息子として、心から愛してくれた」

懐かしい祐造との暮らしを思い浮かべながら、千佳は穏やかな気持ちで話し続けた。

「父さんがいたから、笑顔でいられた。自分を嫌いにならずにいられたんです」

獅子谷が無言で大きく頷いてくれる。

「今だってそう。哲さんやこの子たちがいるから、僕は笑っていられる」

獅子谷がまた、千佳の髪を乱暴に撫でまわす。

大きな口を開き、眦を下げ、獣の顔をクシャクシャにして——。

「俺も、同じだ。お前がいてくれるお陰で、ガキどもに余裕をもって向き合えるようになった。

そのせいか、少しは自然に笑えるようになった気がしてきた」

獅子谷の目が、穏やかで優しい光をたたえている。

獅子谷自身も己の変化を自覚していると知って、千佳は嬉しくなった。

「うん、すてきな笑顔です」

ライオンの顔をしていても、千佳には獅子谷が微笑んでいるとはっきり分かった。

「僕、ちょっとは役に立ててるんですね。よかったぁ……」

「だから言っただろう？　お前がいてくれてよかったって」

獅子谷の言葉ひとつひとつを、とても嬉しく思う。

ここに、いたい。

人ではない彼らに、千佳はすっかり心を預けてしまっていることに気づく。

けれど同時に、胸の奥がチクチクと痛んで仕方がない。

獣人じゃないと自覚しているのに、それを黙ったままでいいのだろうか。

良心の呵責を覚え、千佳は話題を変えようと縁側から空を仰ぎ見た。

「そ、それにしても、今夜は、月がきれいですね」

群青と茜色のグラデーションで彩られた空に、半分ほど欠けた月がぽっかりと浮かんでいる。

すると、獅子谷が何故か動揺して声を震わせた。

「……なっ、は、ええっ？」

振り向くと、獅子谷は口をぽかんと開けて千佳を見つめている。

「あの、僕……何か変なこと言いましたか？」

「い、いやっ、その、だって……お前、月がきれいって……アレじゃねえか」

獅子谷は千佳の視線から逃げるように顔を背けると、自分のしっぽを手繰(たぐ)り寄せて口籠(くちごも)った。

——本当に月がきれいだから、言っただけなのに……。

そのとき、千佳は高校の授業中に教師から聞いたエピソードを思い出した。

それは、夏目漱石(なつめそうせき)が英語教師だった頃、「アイラブユー」を「月がきれいですね」と訳すよう、生徒に説(と)いたというものだ。

「あ……」

次の瞬間、千佳は獅子谷の動揺の理由を理解した。

——つまり、僕が哲さんに……ってこと？

途端に、激しい動揺と羞恥が千佳を襲う。

「ち、違います！　夏目漱石とか関係ないですから……っ！」

慌てて否定するが、胸があり得ないほど高鳴り、顔はどんどん熱くなっていく。

「と、東京じゃ、こんなにくっきりした月なんて、み、見たことなかったから……っ」

言い訳すればするほど、恥ずかしくて堪らなくなるのは何故だろう。

すると、獅子谷が大きな口を開けて「がはは」と笑った。あからさまな作り笑いだ。

「そ、そうだよな。そんなはずねぇよなぁ」

声を上擦らせながら、意味もなくしっぽの先を大きな手でいじりまわす。

「その……昔読んだ本に、丸きり同じ台詞があったから……。ちょっと驚いただけだ」

決まりが悪そうに言って、獅子谷が夜空を仰ぎ見る。

「だが、まあ……たしかに、今夜の月は特別きれいだ」

夕空を仰ぐ獅子谷の横顔に、千佳は思わず見蕩れてしまった。ときどき吹きそよぐ夜風に鬣が揺れて、その凜とした姿には、雄々しさばかりか神々(こうごう)しさすら覚える。

——本当に、かっこいいなぁ。

うっとり見つめているだけなのに、何故か、トクントクンと胸が震える。

顔の火照りも、激しい動悸も、鎮まるどころかいっそうひどくなるばかりだ。

——どうしちゃったんだろう。僕の身体……。

軽いパニックに陥って、考えがまとまらない。

「おい、千佳。顔が赤いぞ？　熱でもあるんじゃ……」

俯いたまま黙り込んでいると、獅子谷が心配そうに問いかけてきた。

「だ、大丈夫です！」

千佳は声をあげると、いきなりすっくと立ち上がった。

「そ、そんなことより、哲さん、毎日忙しくて疲れてるんじゃないっ？」

そう言って、獅子谷の背後にまわって分厚い肩に手をかける。

「うわっ！　なんだ、千佳っ」

「いいから、動かないで！」

獅子谷が振り返ろうとするのを制し、早口に捲し立てた。

「ほかは何やっても駄目だけど、マッサージだけは父さんもプロ並みだって褒めてくれたんだ。だから、きっと哲さんも気持ちよくしてあげられると思います」

「き、気持ちよくって……。そんなの、いいから離れてくれ……っ」

獅子谷はそう言いながらも、大きな身体をもじもじさせるだけで、完全に拒絶する気配はない。

「嫌です。言ったでしょう？　哲さんの役に立ちたいって」

千佳の訴えに、獅子谷が黙り込む。

店の手伝いもほとんどできず、かといって家事も駄目で、千佳ができることといえば子トラの兄妹たちの子守りだけだった。

「マッサージが得意ってこと、なんで今の今まで忘れてたんだろ」

祐造が亡くなってから、そんなことも思いつかないくらい、余裕がなかったということなのだろう。獅子谷や子トラたちと過ごすうち、少しずつ心が落ち着いてきたのだ。

「ねえ、哲さん。僕にマッサージさせてください」

肩越しに、鬣に埋もれた耳許へ囁くと、一瞬、獅子谷の体が緊張するのが伝わってきた。

獅子谷はすぐには答えない。

しかし、やがて盛大に溜息を吐くと、深く項垂れてぼそっと答えた。

「……好きにしろ」

「じゃあ、始めますね」

言いながら、分厚い肩をぐっと摑んでみる。

「うわ、すっごい筋肉」

鋼(はがね)のような肉体に、思わず感嘆の声が零れた。

養父の祐造の身体も、小柄ながらしなやかな筋肉で覆われていた。けれど、獅子谷の肉体はまるで別物だ。盛り上がった肩を覆う筋肉は、祐造とは比べものにならないくらい発達している。それこそ思いきり体重をかけなければ、凝り固まった筋肉を解(ほぐ)すのは難しそうだった。

千佳はなかば意地になりながら、肘や拳(こぶし)を分厚い肩に突き立てるようにして揉んでいった。

その甲斐あってか、数分もすると獅子谷が心地よさそうに息を吐いた。

「ああ、効いてきた」

その言葉を証明するように、鬣に埋もれた耳がピクピクと小さく動く。

「よかった。哲さん、すごく凝ってるから揉み甲斐がある」

肩から胸のあたりまで鬣で覆われた獣人の身体に、千佳はすぐに慣れてきた。ツボの位置や筋肉のつき方が分かれば、あとは力加減に注意して揉むだけだ。

「マッサージなんかしてもらったことがねぇからなぁ。しかし、上手いもんだ」

獅子谷に褒められると、勝手に顔がだらしなくゆるんだ。

顔を見られなくてよかったと思いつつ、そこから何を話していいのか分からなくなった。

ふたりの間に沈黙が流れ、小トラたちの寝息と庭先から虫の鳴き声が聞こえるばかり。

しかし、何げなく目線を上に向け、夜空にぽっかり浮かんだ月を再び認めた瞬間、千佳は無意識に口を開いていた。

「ねえ、哲さん。さっきの夏目漱石の話だけど……」

「どうせ、似合わねぇって思ったんだろう」

獅子谷がビクッと身体を震わせ、低く唸るように答える。

「えっ？　そ、そんなつもりじゃ……」

図星を指され、肩を揉む手が止まってしまう。

「ははっ。正直なヤツだな」

目の前でワサワサとした鬣が揺れたかと思うと、獅子谷が上半身を傾けるようにして千佳を振り返った。そしてアイラインか隈取り（くまど）りを思わせる黒い縁取りをした双眸を細めてニヤリと笑う。

「ごめんなさい。まさか夏目漱石の名前が、出てくるなんて思わなかったから……」

「謝ることなんかねぇ。誰だって、この俺が夏目漱石を読むなんて思わねぇだろうしな」

再び月を見上げ、獅子谷が独り言のように呟く。

「まあ、あの頃は本を読むぐらいしか、暇を潰す方法がなかったからなぁ」

「あの頃?」

ふと耳に残った言葉を鸚鵡返し(おうむがえし)に問い返すと、一瞬、妙な間が生まれた。

「昔の話だ。ところで、千佳。次は腰を揉んでくれねぇか」

獅子谷は問いかけに答えず、ごろりと縁側に俯せになった。

話を誤魔化されて、千佳の胸にもやっとした感情が生まれる。

けれど、それ以上問いただすのは、何故か憚(はばか)られる気がした。

「上にのっても平気かな?」

「ああ。お前ひとりぐらい、紙切れと変わらねぇよ」

獅子谷がこともなげに言ってのける。

千佳は逞しい腰に跨(また)がってマッサージを再開した。背骨の両側をゆっくりと上から下へと圧迫したり、肩甲骨のあたりを強く指圧すると、獅子谷が気持ちよさそうに溜息を吐く。

「ああ……。極楽、極楽ぅ~」

「哲さん、おじさんみたいだよ」

「うるせぇ。おっさんがおっさんらしくて、何が悪い」

獅子谷は四十五歳になったばかりだという。「鹿野や」で修業していたのは二十年も前のことで、千佳が祐造に拾われる前に独立して「獅子そば」を始めたと教えてくれた。

「しかし、本当に上手だなぁ……」

欠伸を嚙み殺しながら言って、獅子谷が組んだ腕に自分の顔をのせる。

「それに、やっぱりお前、ふわぁ……イィ匂い……す、る」

くぐもった声に続いて、不思議な音がかすかに聞こえてきた。地鳴りのようでもあり、何かが縁側の上を転がるような低い音だ。

どこから聞こえてくるのかと耳を澄ますと、どうもその音は獅子谷が発しているようだった。

千佳はマッサージする手を、獅子谷の腰から肩甲骨へと移動させると、ふさふさした鬣に覆われた首のつけ根あたりにそっと耳を近づけた。

すると「グルル」とも「ゴロゴロ」とも聞こえる不思議な低音は、獅子谷の喉元あたりから聞こえることが分かった。

「喉が、鳴ってる……？」

さっきから聞こえている謎の音は、獅子谷が喉を鳴らす音だったのだ。

獅子谷はマッサージの心地よさに、ゴロゴロと喉を鳴らして悦に浸っているらしい。

まるで大きなネコみたいだ。

今の姿だけ見ていたら、かわいい小物を集める獅子谷の趣味にも頷ける。

ふだんの獅子谷からは想像できない、愛らしい一面に胸がキュンとなる。

――え？


不意にときめきを覚えた自分にハッとなって、千佳は獅子谷の腰の上で固まってしまった。

「……ん？　どうした千佳。疲れたか？」

異変に気づいて、獅子谷が上半身を浮かせて振り返る。その目は少しとろんとしていた。

「う、ううん。疲れてなんかないけど」

咄嗟に否定するが、続く言葉が見つからない。

「えっと、あの……た、鬣に……触ってみたいなって」

誤魔化すように思い浮かんだ言葉を口にすると、獅子谷が「なんだ、そんなことか」と笑う。

「触りたいなら、好きなだけ触っていいぞ」

「じゃあ、遠慮なく！」

千佳は無駄に元気よく告げると、獅子谷の頭に手を伸ばした。

肩を揉むときに鬣に触れたりはしたけれど、じっくり触れるのははじめてだ。

「あ、結構ゴワゴワしてる」

以前から、獅子谷の鬣に触れてみたいと思っていたのは本当だ。実のところ、鬣だけでなく黒い鼻先や、しっぽの先にも触ってみたかった。

「いいなぁ、鬣。まさに百獣の王って感じで、すごくかっこいい」

偽りのない、心からの感想を口にする。

「そんなことを言うのはお前ぐれぇのもんだ」

獅子谷はそう言うと、肩越しに千佳を振り仰いで照れ臭そうに目を細めた。

千佳が自分でも説明のつかない心情に戸惑っていることに、獅子谷は気づいていない様子だ。

「そろそろ、飯の支度を始めねぇと開店時間が遅れちまう。だいぶ楽になった。ありがとよ」

「あっ。そうだね……」

慌てて腰から下りると、獅子谷が素早く立ち上がってくしゃっと千佳の頭を撫でた。

「出来上がったら声をかけるから、ガキどもを起こしてくれ」

「……うん」

黄金の瞳で見つめられ、大きな手で髪を撫でられると、胸が苦しくなるのは何故だろう。

撫でるだけじゃなくて、ぎゅっと抱き締めてくれたらいいのに。

子トラたちを抱っこするみたいに、自分のこともその厚い胸と太い腕で包み込んでほしい……。

僕に、触ってほしい。

──あれ?

「じゃあ、もう少し待ってろ」

そう言うと、獅子谷は何故か少し背中を丸めた格好で、足早に縁側をあとにする。

大きな背中を見送ると、千佳はその場にへなへなっと頽（くずお）れた。

「ああ、そっか……」

唇を戦慄かせ、茫然とする。

「好き、なんだ」

言葉にするだけで、身体が痺れた。

「哲さんのこと……好きなんだ」

見つめられて胸が苦しくなるのも、触れられると嬉しかったのも、獅子谷に恋をしたせいだと考えればすべて納得がいく。

まさか、同じ男で、しかも獣人を好きになるなんて……。

初恋が、まさかこんな形で訪れるなんて、千佳は戸惑わずにいられなかった。

ドン臭くて不器用な千佳はモテたことがない。

恋も知らずに生きてきた。

自分を拾って育ててくれた祐造の恩に報いたいと、そればかり考えてきたから、恋愛なんて二の次だったのだ。

「……はぁ」

大きな溜息を吐いて、夜空を仰ぎ、目を閉じる。

出会った瞬間は、ただ恐ろしいだけだった。それなのに今は、獅子谷の不器用な優しさや、大きな手のぬくもり、何より穏やかな笑顔が恋しくて仕方がない。

「恋って、苦しいんだ」

けれど、はじめての恋は、千佳に甘ずっぱい感情だけを与えてはくれない。

獅子谷が好き。

だから、そばにいたい。

そばにいて、今まで以上に獅子谷の役に立ちたいという想いが強くなっていることに気づく。

「……我儘(わがまま)かな」

こんな身勝手な感情を抱くなんて、自分でもびっくりした。

『獣人として独り立ちするまで、ここにいればいい』

千佳に言ったように、獅子谷は子トラたちに対しても、同じ想いを抱いているに違いない。

しかし、獅子谷に笑うきっかけを与えた子トラたちが成長して独り立ちしたら、獅子谷は笑顔を失うんじゃないだろうか。

「あんな素敵に、笑うのに――」

人の姿のときは、大作りな顔をくしゃくしゃにして笑う。

そしてライオンのときは、ふだんは眼光鋭い目を細め、大きな口を開けて身体を揺らして笑う。

そんな獅子谷の笑顔を思い浮かべると、千佳の頬は無意識に綻(ほころ)んだ。

どんな姿の獅子谷も、千佳にとってはただ愛しいだけの存在だ。

『お前がいてくれると、自然に笑えるんだ』

獅子谷に、笑顔でいてほしい。

そのために、ずっとそばにいたい。

大好きな獅子谷がずっと笑っていてくれるなら、自分の恋なんてどうでもいい気さえした。

想いを伝えようなんて思わない。

何より、獅子谷を騙しているという後ろめたさがある。

獅子谷が優しくしてくれるのは、千佳が師匠の息子で、獣人——仲間だと信じているからだ。言葉や態度に人間への憎悪を匂わせる獅子谷が、真実を知ったらと思うと、とても告白なんてできない。ましてや恋人になりたいなんて、そんな贅沢……願うことすらおこがましい。

「ごめんね、哲さん」

月を見上げ、謝罪の言葉を呟いたところで、獅子谷に千佳の複雑な想いが届くことはない。

千佳はさっきまで触れていた獅子谷の体温を思い出しながら、自分の狡さに辟易としていたのだった。

【四】

獅子谷への恋と、人間であることを黙っている後ろめたさの板挟みに苦しみつつも、千佳は変わらない笑顔で日々を過ごしていた。

そうして、新月を迎える前日のことだった。

肉食獣人である獅子谷は、月に一度、新月の夜になるとフェロモンが抑えきれず凶暴化する。そのため、危害が及ばないよう、千佳と子トラたちは柳下の研究所に預けられることになった。

いつもは新月当日の午前中に柳下が子トラたちを預かりに来ていたらしい。

だが、今回の新月の日はあるサンプル提供者を訪ねる約束があるとかで、前日のうちに、柳下に連れられて研究所に移動することになった。

「あっ！」

日が暮れた山道を麓まで下ってきたところで、千佳は柳下が運転する車の助手席で声をあげた。

「タイガの蕎麦湯、忘れてきちゃった……」

「本当かい？　千佳ちゃん」

柳下が車を停めて問いかけるのに、千佳は小さく頷いた。

蕎麦湯のペットボトルは最後に詰めようと思っていて、すっかり忘れてしまったのだ。おそらく、厨房の冷蔵庫に入ったままになっているだろう。

「タイガは蕎麦湯じゃないとフェロモンが摂れないのに、なんで忘れちゃったんだろ。ミルクのセットはちゃんと入れたのにな……」

肩を落とし、自分の失敗を嘆いたところでどうしようもない。

「先生、戻ってもらうことって……できますか？」

おずおずと運転席の柳下の表情を窺う。

「そうしてあげたいんだけど、実はこのあと、研究所でひとり診察しなきゃいけないんだ」

柳下が表情を険しくして溜息を吐く。

「二日間、うちにあるフェロモン剤じゃだめかな。……あっ」

そのとき、山道の向こうから一台の車がライトを灯して走ってくるのが見えた。

ヘッドライトの光を浴びながら、柳下が口許を綻ばせる。

「千佳ちゃん。もしかしたらあの車、蕎麦屋の客かもしれない」

「え、どうしてですか？」

「この時間にこの道を上っていくのは、お仲間くらいのはずだからね」

レンズの奥の双眸を細めると、柳下はクラクションを鳴らして急いで車を降りたのだった。

柳下が予想したとおり、軽トラックで山道を上ってきたのは、よく通ってくるウサギの獣人で、千佳とも顔見知りの客だった。

「明日は新月で店が休みになるから、今日のうちに獅子そばを食っとこうと思って来たんだが、通りかかってよかったよ。帰りに先生のところまでちゃんと送ってくからよ」

「本当にありがとうございます。助かりました」

助手席で深々と頭を下げると、常連客が気にするなと笑う。

「ほら、もう店が見えて……ん？」

すでに日は沈んでしまい、西の山際だけがほんのりと明るかった。空には糸のように細い月が浮かんで、数多の星が煌めいている。木々の向こうに「獅子そば」の明かりがかすかに見えるばかりだ。

「なんか、変だぞ？　それに、この匂い……」

店の前に車を停めて、常連客がしきりに鼻を鳴らす。

「そうですか？　いつもと変わらないと思うけど」

千佳はとくに気にもせず、「ありがとうございました」と言って車を降りた。

「おいっ、待て！　バンビちゃん。ヤバいぞ！　これ、哲のフェロモン……っ」

「え？」

常連客の悲痛な叫び声に、千佳は足を止めて振り返った。

そのときだった。

「ガオォ――――ッ！」

山全体を揺るがすような獣の咆哮が響き渡った瞬間、千佳の目の前が真っ暗になった。

「……っ！」

声をあげる暇など、一瞬もない。

身体が宙に浮いたかと思うと、直後に激しい衝撃が千佳を襲った。

苦痛に顔を顰め、土間の三和土に散らばる作務衣の残骸を視界に捉えた瞬間、太く逞しい獣の脚が千佳の腕を押さえつけた。

「……え？」

まさか、という想いに目を見開くと、横たわった千佳の頭上から低い唸り声が聞こえた。

「グゥルル……ッ」

濃い褐色の鬣、黄金色に光る双眸と大きな鼻、荒い息を吐く口からは鋭い牙を覗かせて、巨大なバーバリライオンが千佳に覆い被さっていた。その背は玄関の鴨居に届きそうなくらいで、千佳の腕を押さえる前脚は、庭木ほどの太さもある。裂けたような口からダラダラと涎が滴り、千佳の顔や頭をぐっしょりと濡らした。はじめて訪ねてきたときに目にした姿より、ひと回りは身体が大きい気がする。

「て、つ……さん？」

茫然としつつ名前を呼んでも、返事はない。地の底から響くような唸り声が聞こえるばかりだ。

困惑と恐怖に、千佳は声を失った。何も考えられず、ただ爛々と光る凶暴な瞳を見上げる。

ひとしきり千佳の匂いを嗅ぐと、いきなり鋭い爪と牙で着ている服を剝ぎ始めた。

「グルルッ……フウッ、グウッ……ドルルルルッ」

ライオン……獅子谷はひどく興奮していて、いつも千佳に触れるような優しさは欠片も感じられない。全裸にした千佳をボール遊びでもするように転がしたり、細い足首を咥えてひっくり返したりする。

そうして気づくと、千佳は三和土に四つ這いの格好をとらされていた。

千佳の脳裏に、すっかり忘れかけていたひと月前の記憶が蘇る。わけが分からないうちにライオンに襲われ、恐怖のあまり気を失ってしまった。

でも今はあのときとは違う。

このライオンが、恋した相手――獅子谷だと分かっている。

千佳は振り返ると、声を振り絞って呼びかけた。

「ま、待って……。哲さんっ！」

しかし完全に獣化し、強烈なフェロモンを発して我を失った獅子谷に千佳の声は届かない。

「グオォ……ッ！」

短く吠えると、千佳の肩口に喰らいついた。

「ああ……っ！」

痛みと衝撃に思わず背を仰け反らせたところで、尻に焼けただれた肉の塊のようなものが押し当てられる。

「――ッ！」

ソレが何か察した瞬間、千佳は奥歯を噛み締めた。抱え込まれた下半身はびくりとも動かせず、カタカタと小さく震えるばかりだ。

「グゥッ……グルルッ、グルルルゥ……」

千佳の肩を何度も甘嚙みしながら、獅子谷は苦しく切なげに喉を鳴らした。交尾を求めていることは明らかで、千佳の尻や背中、内腿に、巨大で硬い性器を擦りつける。

自分では抑えきれないほど強烈なフェロモンに、獅子谷は苦しんでいるのだ。

もどかしさに喘ぐ獅子谷の荒い呼吸音を聞くうち、千佳は自分が窮地にあることを忘れた。

「つらい……よね？　哲さん」

千佳は痛みに耐えながら、そっと、肩に嚙みつく獅子谷の鼻先を撫でる。

「いぃ……よ」

そして、心に浮かんだ言葉をそのまま、興奮した獣に告げた。

「僕のこと……好きにして、いいよ」

自分が何を言っているのか、ちゃんと分かっている。

激しい衝動に我を忘れた獅子谷に犯され、そのあとで食われたとしても、今この瞬間、役に立てるならそれでいい――。

「哲さん……」

大好き、と言えたら、どんなにいいだろう。

そう思いつつ、千佳はその言葉を呑み込んだ。

そして、荒い呼吸を吐き続ける大きな口許に手を伸ばし、もう一度、乞うように囁く。

「僕を……食べて――」

いつか、仲間じゃないとバレて、獅子谷のそばを離れなければならないなら、今、ここで獅子谷の血肉となったほうがいい。

こんな刹那的な感情を抱くなんて、千佳自身、驚かずにいられない。

でも、この想いは嘘でもなければ、偽善でもない。

獅子谷が好きだからこそ、芽生えた感情だ。

しかし、覚悟を決めて身体の力を抜いた途端、獅子谷が千佳の肩から口を離した。

「え？」

不審に思っていると、獅子谷が低く唸りながら千佳の上から後退っていく。そして、鼻息荒く、涎を滝のように垂れ流しながら、血走った目で千佳を見つめたかと思うと、いきなり自分の右前脚に食らいついた。

「グウッ……」

太く鋭い牙が、毛皮の下まで食い込んでいるのが、千佳にもはっきり見てとれる。やがて深紅の血がじわりと滲み出してきた。

「哲さんっ！　何してるんだよ！」

千佳は起き上がって獅子谷に駆け寄ろうとした。

「グゥルルル……」

しかし、低い唸り声と突き刺すような眼光に気圧され、獅子谷に触れる寸前で足を止める。

するとと、巨体が激しく痙攣し始め、見る見るうちに見慣れた獣人の姿に変化した。傷ついた右腕からは、夥しい量の血が滴り落ちている。

茫然と立ち尽くしていると、獅子谷が目にもとまらぬ速さで千佳を抱きかかえた。そして、土間から続く納戸へ千佳を投げるように入れて乱暴に戸を閉じる。

「え……。哲さん……？」

慌てて戸を開けようとするが、ビクともしない。

すると、外から獅子谷の苦しげな声が聞こえた。

「中から鍵をかけて……誰か助けが来るまで……出てくるなっ」

「どうして？　哲さん。僕は……」

「俺の言うことがきけないのか！」

地を揺るがすような咆哮に、千佳は何も言えなくなる。獅子谷を助けたいけれど、同じくらい、嫌われたくないという気持ちがあった。

「哲さん！　哲さんってば！」

戸に縋りついて呼びかけても、返事はない。仕方なく、千佳は言われたとおりに土間と庭へ続くそれぞれの戸の鍵をかけた。

しばらくすると、遠く山の方から切なげな獣の咆哮が聞こえた。おそらく獅子谷だろう。千佳のために店から離れた山奥に身を潜めたのかもしれない。

「……なんで？」

暗闇の中、千佳は膝を抱えてしゃがみこんだ。

言葉で説明できない悲しみに、息をするのもつらくなる。

獅子谷に嚙まれた肩に触れると、チリッとした痛みが走った。わずかに皮膚が傷ついているようだったが、思ったよりもひどい傷ではないらしく、ほんの少し血が滲んでいる程度のようだ。

反対の肩から腕にかけて、獅子谷の血液でべったりと濡れていた。抱えられたときについたに違いない。

「我慢なんか……しなくてよかったのに……」

興奮して爛々と輝く双眸や、下半身に擦りつけられた性器の感触を思い出す。

そのとき、突然、腰の奥がジクリと疼いた。

トイレに行きたいときの衝動に似た、ムズムズとして落ち着かない感覚に千佳は困惑した。

「うそ……」

自分の身体に起こった変化に息を吞んだ。

股間が、じんわりと熱を帯びていたからだ。

「どうしよう……」

熱は全身に広がって、すぐにでも股間に手を伸ばしたい衝動に駆られる。

しかし、こんなところでいきなり自慰に及ぶなんてさすがにできない。

「……ふ、うぅっ」

かといって、激しく押し寄せる衝動を堪える術など、千佳は知らなかった。

年頃だから、自慰をしたことはある。でもそれは、なんとなく落ち着かないときに仕方なくするぐらいで、こんなに強烈な性衝動に襲われた経験など一度もなかった。

そうする間にも、股間は硬さを増していく。

「し、処理……するだけ、だからっ」

誰に言い訳しているのかも、もう分からない。

千佳は意を決すると、ほっそりとした性器に触れた。

「……んっ」

すでに先走りでぐっしょりと濡れていて、痺れるような快感が背筋を駆け抜ける。

触れてしまえば、あとはもうなし崩しだった。本能の赴くまま右手を上下させ、喉を喘がせる。

「はぁっ……ん」

信じられないくらい先走りが溢れ出て、亀頭から細い幹、そして握った手までがぐしょぐしょになった。

「て、……つさんっ」

過ぎた快感に瞼を閉じ、短く声を弾ませる合間に呟くのは、雄々しい獣の姿をした男の名前だ。

大きな背中。盛り上がった肩。癖のひどい鬣、ときどき覗く黒い鉤爪。

獅子谷の姿を妄想しながら、千佳は夢中になって性器を扱いた。

「ふっ……あ、哲さ……っ。触って……」

自分でも何を口走っているのか分からない。

脳が融けたみたいに何も考えられなくて、ただ快感を追いかけるのに必死になる。

それでも、閉じた瞼の裏にしっかり獅子谷の面影を思い描く。

いつも少し乱暴に頭を撫でてくれる大きな手で、ココを擦られたらどんなに気持ちいいだろう。

『なんだ、扱いてほしいのか?』

想像の中の獅子谷が、黄金色の双眸を淫らに濡らして耳許へ囁く。

「ああっ!」

手の中で性器がひと回り大きくなるのを感じて、千佳は短い悲鳴をあげた。

大きな手が、意外と器用なことを千佳は知っている。獅子谷が打つ蕎麦は素朴で親しみのある味だが、蕎麦つゆに使う「かえし」は繊細で喩(たと)えようのない旨味に溢れていた。蕎麦を使った料理も、ほかの有名店にも劣らないだろう。蕎麦だけじゃなくて、店に飾った手作りの小物や雑貨、子トラたちの身のまわりのものまで、器用になんでも作ることができる。

そんな器用な手で、身体中あますことなく触れられたい。

そして、大きな身体に抱き締められたい——。

『千佳』

低く掠れた野太い声で名前を呼ばれるたびに心が浮き立つ。

自分の身勝手な妄想だと分かっているのに、どうしようもなく興奮した。

恋をしたのもはじめてなのに、こんな淫らな欲望を抱く自分に驚きながらも、手を動かすのをやめられない。

獣人だろうと、獣化した獣だろうと、獅子谷が相手ならどんなことも許せる。

恋という激しい感情が、そんな覚悟までさせるということを、千佳ははじめて知った。

「哲さんっ……。あ、あ……っ。も、もぉ……イ……くっ」

恋する人の手を想像するだけで、こんなにも気持ちがいいなんて知らなかった。

『なんだ、早いな』

意地悪く囁かれた瞬間、千佳の手の中で性器がぶるんと震え、夥しい量の白濁が噴き出す。

「ぁ、ああ……っ」

鮮烈な絶頂に、一瞬、千佳は呼吸を忘れた。

薄く開いた目に映ったのは、漆黒の闇――。

下腹はまだジンジンと疼いていて、射精後の遣る瀬ない感覚が千佳を呑み込んでいく。

「僕じゃ……ダメなのかな」

白濁で汚れた手をぎゅっと握り締め、千佳は囈言のように呟いた。

その後、千佳は獅子谷の言いつけを破り、風呂場で自身の精液と獣化した獅子谷の涎で汚れた身体を拭ったのだった。


血相を変えた柳下が駆けつけたのは、千佳がすっかり身繕いを整えた直後だった。獣化した獅子谷に驚いたウサギの獣人が、千佳の窮地を知らせてくれたらしい。

「哲さん、僕を納戸に押し込んで、どこかに……」

「……多分、山奥で新月の夜が明けるまで身を隠すつもりなんだろう。で、千佳ちゃん。あの馬鹿に何もされなかったかい？」

千佳は薄く微笑んで、ふるふると首を振ってみせた。

「何も……」

——何も、してくれなかった。

あとに続く言葉は呑み込んで、胸の奥にしまい込む。

「それにしても、どうしてフェロモンの発現が早まったのか……」

柳下が険しい表情を浮かべるが、千佳は上の空で生返事するしかできなかった。


新月の夜が明け、獅子谷の獣化が落ち着いた頃を見計らい、千佳は小トラたちとともに柳下に連れられて「獅子そば」に戻った。

「悪いが、覚えていないんだ」

不安と虚しさを胸に忍ばせた千佳を待っていたのは、予想もしない獅子谷の言葉だった。

「お前たちが山を下りて、店を開けたところからの記憶がない。気づいたら山の途中にある岩場にいた」

獅子谷の右腕には治りかけの傷があった。その傷が何故ついたのかさえ分からないという。

「哲さん、自分で噛んだんだ。あんなに血が出てたのに……もう、大丈夫なの？」

千佳は大した傷でなかったことに安堵しつつ、驚異的な治癒力に驚きを隠せない。

「そうなのか？　多分、自分で舐めて治したんだろう。ちょっとした怪我ならすぐに治るからな」

己の身体に牙を立てたことすら、獅子谷は覚えていなかった。

「覚えがなくても、また千佳ちゃんを襲って怖がらせたんだ。しっかり謝れ！」

柳下にきつく叱られ、獅子谷が深々と頭を下げる。

「すまなかった、千佳」

タオルを巻いたライオンの頭を見下ろして、千佳はことさら明るい声で答えた。

「哲さん、僕は大丈夫だから頭を上げてください」

獅子谷は少しホッとした様子で、千佳にもう一度「すまなかった」と言った。

「とにかく、新月の前に身体に変調をきたすのはおかしい。いろいろ調べたいから、サンプルを採らせてもらうぞ」

柳下はそう言うと、獅子谷の血液や唾液などを採取した。

「少しでもおかしいと感じたり何か思い出したりしたら、必ずわたしに連絡を寄越すんだ。千佳ちゃんもだよ。いいね？」

千佳と獅子谷に何度も念押しして、柳下は研究所へ帰っていった。

獅子谷は本当に何も覚えていないらしかった。その証拠に、数日間はさも申し訳なさそうに千佳に接していたが、しばらくすると以前と変わらない態度をみせるようになった。

だから千佳も、何もなかったことにしようと決めたのだった。


「おーい、千佳！　ちょっと来てくれるか」

厨房にいる獅子谷が、大声で千佳を呼ぶ。

「はーい！」

庭先で子トラたちと遊んでいた千佳は、背を伸び上がらせて返事をした。

獅子谷への恋心に懊悩(おうのう)しながら、千佳は以前と変わらぬ態度で日々を過ごしていた。

「ミコちゃん、コテツくん。タイガのこと、ちゃんと見ててね」

そう言ってすっくと立ち上がった瞬間、目の前が真っ暗になった。

——あ、れ？

頭の血がサッと下がるような感覚に足がふらつく。膝に力が入らなくて、しゃがみ込んでしまいそうだ。指先も痺れて、上手く握れない。

獅子谷たちと暮らすようになって、何度か身体に不調を覚えることはあった。だが、すぐに治っていたので千佳はとくに気にしていなかった。

しかし、近頃は頻繁(ひんぱん)に立ち眩みに襲われるようになっていた。それだけではない。全身がひどく怠(だる)くて、食欲もあまりない。

「バンビちゃん？　どうしたの？」

ってていた。

ミコの声にハッとして、千佳は慌てて作り笑いを浮かべた。手を握ってみると、痺れはなくなっていた。

「……大丈夫。躓きそうになっただけ」

――哲さんや子トラたちに、心配かけないようにしなきゃ。

千佳は何ごともなかったかのように、小走りで厨房に向かった。

厨房では、獅子谷が店の仕込みの真っ最中だ。

「おう、悪いな。ちょっと味見してくれねぇか」

「わっ。コレ、なんですか?」

調理台を見ると、白い皿の上に今まで「獅子そば」にはなかった料理が盛られていた。蕎麦の色をしたクレープのような生地の上に、プリプリの肉と色とりどりの野菜がのっている。その上には琥珀色のジュレがまんべんなくかけられていた。

「ガレットだ。若い女の客に言われて作ってみたんだが、俺も食ったことがねぇからお前に食べてみてもらいてぇんだ」

治療を兼ねて来店する獣人は老若男女様々で、田舎暮らしの者もいれば都会でオシャレな生活を送っている者もいる。

獅子谷のフェロモンは蕎麦粉に混ぜ込むことで、弱った獣人たちにより取り込まれ易くなるため、どうしても蕎麦粉を使ったメニューを考える必要があった。

「フェロモンを必要としているのに、ここまで足を伸ばすのを面倒がって命を縮める奴もいる。

それに若い連中は蕎麦自体、あんまり食わなくなっているしな。そういう獣人にわざわざ遠出してでも食べたいと思わせるメニューが必要なんじゃないかと思ったんだ」

二十年近くこの場所で「獅子そば」を営んできた獅子谷が、いまだ向上心を失わずにいることに千佳は素直に感心した。

「僕でよければ試食の手伝いぐらいするけど、ガレットなんて食べたことないからなぁ」

「これが正しいガレットじゃなくてもいい。問題は味だ。それと見た目だな。若い奴の感覚が分からねぇからお前に助けてもらいたいんだ」

獅子谷が自分を必要としてくれている。

そう思うだけで、千佳は胸がいっぱいになった。

「それに、おやっさんに育てられたお前の舌を、俺は信用してるからな」

獅子谷が千佳の頭をクシャクシャと掻き乱す。

こうやって頭を撫でられるたび、獅子谷のことが本当に好きだと痛感する。心臓がドキドキして、眉間の奥がジンジンと痺れ、もどかしさに気がおかしくなってしまいそうになる。

それと同時に、あの日、叶えられなかった浅はかで淫らな願いを意識してしまうのだ。

恋は、もっとやわらかで、儚(はかな)くて、甘ずっぱいものだと思っていた。

それなのに、獅子谷を意識するだけで、身体が熱くなり、言葉で言い表せない衝動が込み上げてくる。

雄々しい獣の姿の獅子谷と身体をひとつに繋げられたら、どんなに幸せだろう。

目にしたことこそないけれど、熱く昂ぶった獅子谷のものを、この身に受け入れることができたなら、死んでもいいとすら思ってしまう。

同性だとか獣人だとか、ふつうなら問題になるようなことが、千佳には大したことじゃないように思えた。

ただ、獅子谷が好きで、獅子谷と身も心もひとつになりたいという激しい恋情が渦巻いている。

——こんなことを願うなんて、僕は……変なんじゃないかな。

そのとき、ガレットの皿を目の前に差し出されて、意識が現実に引き戻された。

「じゃあ、さっそく食ってみてくれ。見た目はどうだ？　オシャレそうに見えるか？」

——いけない。ぼぅーっとしちゃった。

千佳は慌てて微笑むと、正直な感想を告げた。

「見た感じはすごく美味しそうだし、女の子も好きだと思う」

「具材はヘルシーな鴨肉にしてみたんだが……どうだ？」

箸を手渡され、千佳は薄くスライスされた鴨肉をひと切れ口に運ぶ。

口に入れた瞬間、鴨肉にかけられていたジュレの味がふわりと広がった。

「このジュレ、もしかしてかえし……ですか？」

口の中に鴨肉が入ったまま、千佳は目を丸くして獅子谷に問いかけた。

「ああ、そうだ。どうせなら店にあるものを活かしたほうがいいだろう？　で、味はどうだ？」

期待に目を輝かせ、獅子谷がじっと見つめる。

他意などないと分かっていても、黄金色の瞳で見つめられると、胸がざわめかずにいられない。

「すごく美味しいです。鴨も香ばしくて、かえしのジュレとも合ってるんじゃないかな」

千佳はすぐにガレットの生地と鴨肉、そして野菜をいっしょに頬張った。

「んーっ！　こんなの食べたことない！　哲さん、コレ、本当に美味しいよ！」

噛めば噛むほど、鴨肉の旨味が溢れてきた。野菜も盛りだくさんで、これなら女性客にも受け入れられるだろう。

「そうか。千佳が言うなら間違いねぇ。しばらくは試作品として出してみて、評判がよかったらメニューに入れてみるか」

獅子谷の表情に自信が漲る。

「きっとお客さんも喜んでくれると思うなぁ。だって本当に美味しいもん」

言いながら、千佳は箸を皿の上に戻した。

「なんだ、千佳。全部食っていいんだぞ？」

獅子谷が皿を手にきょとんとする。

「でも、もうすぐ晩ごはんだし」

断ろうとすると、獅子谷がいきなり顔を覗き込んできた。

「な、なに……っ？」

互いの鼻先が触れそうなほど間近で見つめられ、千佳は緊張に身体を強張らせる。

「お前、最近、あんまり飯、食ってねぇだろ」

いつもは優しく千佳を見つめる獣の目で、ギロリと睨まれた。

「それに、どうも顔色がよくねぇ。どこか具合が悪いんじゃないか」

ちゃんと隠せていると思っていたが、獅子谷の目は誤魔化せなかったらしい。

ふいっと目をそらし、小さな声で答える。

「だんだん暑くなってきたし、それに……子トラたちと毎日遊んだりすると、結構体力使うから……。その疲れがちょっと溜まってるのかな……って」

「だったら余計に、無理するな。ガキどもの面倒を押しつけておいてなんだが、昼間、少しぐらいなら俺がかわってやる」

「平気だってば。僕は洗濯と子トラたちと遊ぶ以外、何もしてないんだから気を遣わないでよ」

本音を言えば、どこか静かな場所でひとりになりたいと思うこともある。

けれどそれは身体がつらいことが理由じゃない。

夜、隣の部屋に獅子谷が眠っていると思うと、それだけで胸が苦しい。遣る瀬ない想いを持て余して、ひっそり自慰に耽(ふけ)っては、自己嫌悪に陥ってしまう。

お陰で睡眠不足が続いていて、心も身体も休まらず、食事が思うように喉を通らない。

「本当に大丈夫なのか？　なんなら柳下に来てもらっても……」

「哲さん、しつこい。僕が大丈夫だって言ってるんだから信じてよ」

千佳はムッとした顔で、獅子谷を睨み返した。

「……だから、そんな目で見るな」

獅子谷は困惑に顔を歪めると、一瞬、千佳から目をそらす。

「信じる信じないの話じゃない。俺はお前のことが心配なだけだ」

溜息交じりに言いながら、空いた手で千佳の髪をいつもより少し乱暴に掻き乱した。

「お前に何かあったら、おやっさんに顔向けできない。具合が悪いなら、ちゃんとそう言え」

あたたかい手のぬくもりを嬉しいと思うけど、その優しさを勘違いしそうで泣きたくなる。

「だから、大丈夫だって言ってるでしょ。……もう、そんなに言うなら、ガレット食べるよ。晩ごはん食べられなくても怒らないでよ、哲さん」

そう言うと、千佳は獅子谷の手から皿を奪い取った。そして、ガレットの残りを勢いよく頬張ってみせる。獅子谷を心配させたくなくて、無理矢理、ガレットを口に運んだ。

「おお、いい食いっぷりだ」

獅子谷が嬉しそうに目を細める。

——哲さんが笑ってくれるなら、なんだってする……。

ガレットを嚥下するたび、胃がムカムカしたけれど、千佳は懸命に食べ続けた。

「ところで、哲さん……」

皿に残った野菜を箸でひとつにまとめながら、今まで聞けずにいた疑問を獅子谷に投げかけた。

「どうして蕎麦屋を始めようと思ったの？」

「いきなりだな」

獅子谷は少し驚いたようだった。ピンと張った髭を小さく揺らし、視線を彷徨(さまよ)わせる。

「もしかして、聞いちゃいけないことだった？」

気を悪くさせただろうかと後悔しかけたが、獅子谷はすぐにふわりと微笑んだ。

「いや。そんなことはない。おやっさんに世話になったとき、何もかも打ち明けていたから、お前が知っていてもおかしくない話だ」

獅子谷の表情や口ぶりから、千佳が思っている以上に重い事情があることが伝わってくる。

「だから、そんな神妙な顔をするな。たしかに、あまり楽しい話じゃないかもしれんがなぁ」

困惑する千佳をよそに、獅子谷は気が抜けたようにあっけらかんとしていた。

「どうする？　やっぱりやめとくか？」

「……ううん。哲さんがイヤじゃなかったら、話してほしい」

聞くのが怖い気もしたが、獅子谷のことならなんでも知りたいという好奇心が上まわる。

「そうか」

頷くと、獅子谷は千佳の手から空になった皿を受け取ってシンクに置いた。そして、冷やした蕎麦茶を花の絵がちりばめられたコップに注いで手渡してくれる。

「おい、千佳」

コップを受け取ってさっそく口をつけようとしたところに、不意に獅子谷が手を伸ばしてきた。

「ジュレがついてる」

そう言って鉤爪を引っ込めた指先で千佳の口の端を拭うと、そのままジュレのついた指先を自分の口に運んだ。

「……えっ」

一瞬、何が起こったのか千佳は理解できなかった。ただ心臓が壊れたみたいに高鳴り、顔が燃えるように熱くなる。

「どうした、ぼんやりして。やっぱりやめとくか？」

千佳が軽いパニックに陥っているなんて、思いもしないのだろう。

「き、聞きたい……っ」

慌てて告げると、獅子谷が黄金色の目を細めて笑った。

「晩飯の支度をしながらでもいいか？」

そう断りを入れるのに、千佳は一も二もなく頷く。

「まあ、簡単に言えば、罪滅ぼしというか、恩返しみたいなもんなんだ」

獅子谷は大きな寸胴(ずんどう)を火にかけると、静かに語り出した。

「自分で言うのもなんだが、俺はあんまり生まれ育ちがいいほうじゃねぇ。親の顔も覚えちゃいねぇし、他人に話せないような悪さを何度もしてきた。それに、警察の世話になったこともある」

「えっ……」

想定外の告白に、思わず驚きの声が漏れた。

「怖くなったか？」

獅子谷が意地悪く目を眇める。やめるなら今のうちだぞ、とでも言わんばかりだ。

「ううん。びっくりしたけど、今の哲さんはその頃の哲さんとは違うって分かってるから」

「お前は優しいな。それに胆が据わっている。さすが、おやっさんの息子だ」

獅子谷の眼差しが、いつも以上に優しく感じられるのは気のせいだろうか。黄金色に光る穏やかな瞳に、ふだん感じたことのない寂しさが浮かんでいる。

「おやっさんは俺の過去を知ったうえで、弟子にしてくれた」

大好きな獅子谷に養父のことを褒められると素直に嬉しい。

「それから、俺のフェロモンで助かる仲間がいると教えてくれたのが、子トラたちの父親だ。散々、悪さをしてきた俺にも、まだ生きる価値があるって言ってくれてなぁ」

「それで子トラたちを……？」

罪滅ぼしや恩返しといった言葉の意味が、千佳の胸にすとんと落ちた。

「子どもなんか育てたこともねぇのになぁ」

自嘲するように口角を引き上げる獅子谷を、千佳は胸が締めつけられるような想いで見つめる。

「あいつらを引き取って、後悔したこともある。だが、無邪気に遊んでる姿や寝顔を見ていると、こう……じわりと熱いものが胸に広がってくんだ」

そこへ、縁側から子トラたちのはしゃぎ声が聞こえてきた。

獅子谷が耳を澄ますように首を傾げ、慈愛に満ちた瞳で縁側の方を眺める。

子トラたちの前ではいつも不機嫌そうな獅子谷の穏やかな表情に、千佳は胸がトクンと高鳴るのを覚えた。

「だから、おやっさんがお前を拾って育てた気持ちがなんとなく分かる。俺たち獣人は、弱く小さい仲間の命を見過ごせない性分なんだろうよ」

穏やかに語る獅子谷の言葉が、千佳の胸に刺さる。

——仲間……か。

やはり、千佳を獣人だと思っているから、そして恩のある祐造の息子だから、助けてくれたのだと、改めて思い知らされる。

きっと人間だと知ったら、獅子谷はすぐにでも千佳を追い出すだろう。

「おっさんのくだらない話に付き合わせて悪かったな」

黙り込んでしまった千佳を見て、獅子谷が申し訳なさそうな顔する。

「僕が聞かせてほしいって言ったんだから、そんなふうに言わないでよ」

千佳は引き攣った笑みを浮かべた。獅子谷の想いを知って、それでもなお、身勝手なことばかり考える自分がいやで堪らない。

「罪滅ぼしだ、償いだと言ったところで、昔の罪がなかったことになるわけじゃねぇ。もし、こんな男といっしょにいられないと……」

獅子谷が何を言おうとしているかなんて、すぐに分かった。

「そんなこと、思わないから……っ！」

自分でもびっくりするほどの大きな声で遮ると、キッと獅子谷を睨み上げる。

「昔のことなんて、どうだっていい。僕が知ってるのは、弱い仲間のために真面目に働いて、コテツくんたちを一生懸命に育ててる優しい哲さんだ」

獅子谷の過去を理由に、ここから出ていくなんてことは絶対にあり得なかった。

「他人の子どもを引き取るなんて、簡単なことじゃない。父さんが僕のことで苦労してきたのを見てたからよく分かる。お店のことだって、お客さんのことを考えて、こうやって新しいメニューを考えたりしてる。そんな哲さんを……」

過去の罪を知ったところで、想いは変わらない。

そう伝えようとしたとき、突然、目の前が真っ暗になった。

——あ、れ？

次の瞬間、足許の床が抜けたみたいにスッと身体が沈み込む感覚に襲われる。

「おい、千佳……っ！」

獅子谷の声が、やたら遠くから聞こえた。

わずかに視界が明るくなったと思うと、厨房の天井が目に入る。背中に固い感触を覚え、千佳はぼんやりと自分が倒れたのだと理解した。

「どうしたんだ、千佳！　しっかりしろ……っ」

獅子谷が懸命に自分の名を呼びながら、逞しい腕で抱き起こしてくれる。

答えたくても、唇は戦慄くばかりで声が出ない。

——そんな大声で呼ばなくても、聞こえてるよ。哲さん。

千佳は大好きな人のぬくもりを感じつつ、ゆっくりと意識を手放したのだった。

【五】

「千佳っ！　おい、聞こえるなら目を開けろっ！」

獅子谷はくたりとなった千佳を抱きかかえると、その耳許へ大声で呼びかけた。

「おっちゃん、どうしたんだ？」

「バンビちゃんに何かあったの？」

異変に気づいた子トラたちが、バタバタと厨房へ駆けつける。

「分からねぇ。急に倒れたんだ……」

答えながら、獅子谷は千佳の頬を軽く叩いた。しかし、目を覚ます様子はまったくない。

「い、いやだ。バンビちゃん……死んじゃうの？」

コテツが獅子谷の腰に縋りつき、潤んだ目で見上げる。

「哲おじさん、バンビちゃんを助けてよ！」

タイガを抱えたミコは、すでに涙を流していた。

「大丈夫だ。絶対に大丈夫だから、縁起でもねぇこと言うな」

子トラたちにではなく、自分に言い聞かせるように言うと、獅子谷は千佳を抱き上げて厨房を出た。そのあとを、子トラたちが小走りについてくる。

「コテツ、急いで囲炉裏の脇に布団を敷け」

コテツがこくんと頷き、床の間のある六畳間へ走っていく。そして、ずるずると布団を引っ張ってくると、囲炉裏端へ整えた。

手際よく敷かれた布団に千佳を横たえ、子トラたちに告げる。

「千佳の様子をしっかり見てるんだぞ。何かあったらすぐに俺に教えろ。いいな？」

そして、そばに置いてある黒電話の受話器を手にした。

「クソッ。いったい……何がどうなってるんだ」

黒電話のダイヤルに鉤爪を引っかけてまわす間も指先が震える。気が動転しているせいか呼吸が荒く、思考がまとまらない。

「まさか、獣人病じゃねぇだろうな……」

小さく呟いたそのとき、受話器の向こうから柳下の間延びした声が聞こえた。

「もしもし、獅子谷か？　珍しい獣人のサンプルでも手に……」

「千佳が倒れた！」

柳下の声を遮って、名乗りもせず早口に告げる。

するると、すぐに事情を察したのか、柳下が「分かった」と答えた。

ほっと胸を撫で下ろしつつ、獅子谷は急いた気持ちを言葉にする。

「頼む。急いで来てくれ」

しかし、獅子谷の訴えは呆気なく退けられてしまう。

「悪いが例の、人間と結婚して獣人病が治ったという噂の獣人に会いに行った帰りでね。すぐに駆けつけたいのは山々なんだが、お前の店まで一時間はかかる」

「いっ……一時間っ？　そんなに待てるか！　獣人病かもしれないんだぞ！」

期待を裏切るばかりか、冷たく突き放すような相手の言葉に獅子谷は激怒した。握った受話器に、鋭い爪をギリリと突き立てる。

「そう慌てるなよ。倒れる前、千佳ちゃんはどんな様子だった？」

柳下はどこかの駅にいるらしい。電話の向こうから構内アナウンスと発車ベルの音が聞こえた。

「最近、食欲がなくてな。顔色も悪かったが、本人は『大丈夫』の一点張りで……」

逸る気持ちを抑えつけ、獅子谷は努めて冷静に千佳の様子を伝えた。

「千佳ちゃんがお前のところに来て、一カ月と少し……か。いや、しかし……」

柳下はひとりでブツブツ呟いていたかと思うと、声のトーンを落として質問してきた。

「おい、獅子谷。千佳ちゃんの舌の裏は確認したのか？」

獅子谷は慌てて振り返り、千佳の口を太い指でそっと抉じ開け、小さな舌を捲ってみる。

「今、見てみたが……とくに異常はないみたいだ」

ホッとしつつ受話器に告げると、柳下が安堵の溜息を吐く音が聞こえた。

「なら、獣人病じゃないな。だとしたら……」

柳下はしばらく黙り込んでいたが、やがてふと閃いたように獅子谷に問いかけてきた。

「もしかしてその子、お仲間じゃないんじゃないのか？」

「……何を言ってる」

獅子谷は一瞬、何を言われたのか理解できなかった。

「だから、獣人じゃなくて、人間かもしれないって言ってるんだ。それなら、辻褄(つじつま)が合う」

「に、人間……っ？」

にわかには、信じられない。

獅子谷は受話器を持ったまま、横たわった千佳を見つめた。

「ああ。お前だって知っているだろう？　お前のフェロモンは強烈過ぎて、人間の身体に悪影響を及ぼすって……。まさか、忘れたわけじゃないだろうな」

まさかという想いに、獅子谷は目を見開いた。

「お前が山奥で蕎麦屋を始めた理由、忘れたとは言わせないぞ」

厳しい言葉に、返す言葉もなく絶句する。

獣人のヒエラルキーの頂上に君臨する獅子谷のフェロモンは、人間にとってある種の毒といえるものだった。人間が獅子谷ほどの強い獣人のフェロモンを長時間浴びると、身体に不調が現れる。病気や持病のある人間の場合は、最悪、死に至ることもあった。

子どもの頃はフェロモンも少なく、周囲に影響を与えることもなかった。しかし成人してから獅子谷は、人間と接触するのを避けるように生きてきた。

「お前のフェロモンにあてられて、不調をきたしたと考えられないか？」

柳下の言葉に、獅子谷は受話器を持つ手をだらんとさせた。

「千佳が……人間？」

頭が真っ白になって、何も考えられない。

四十五年生きてきて、はじめて味わう恐怖と不安に身体が震える。

「俺のせいで……死ぬかもしれないっていうのか？」

独り言のように呟いたとき、受話器からけたたましく呼ぶ声が聞こえてきた。

「もしもーし！　獅子谷、聞こえてるか？　おい、人の話はちゃんと最後まで聞け！」

ハッと我に返り、受話器を握り直すと、獅子谷は縋るような想いで訊ねた。

「どうすればいい？」

柳下が、クスッと笑う。

「簡単なことさ。ヤるんだよ」

嫌な予感が獅子谷の脳裏を過る。

「ヤるって、まさか……ころ」

「バカ。勘違いするな。抱いてやるんだ。それも、生でな」

「おい、こんなときに冗談言ってる場合か！」

信じ難い言葉に、獅子谷は総毛立つような怒りを覚えた。

「あのね、わたしは研究者だけど、医者の端くれでもあるんだ。獣人だろうが人間だろうが、危険の迫っている者に対して冗談なんか言うわけないだろう」

柳下が心外だとばかりに捲し立てた。

「最近、わたしが人間と結婚した獣人の協力を得て、獣人病に関する研究を進めていることは、知っているだろう？　その過程で、人間が獣人とセックスすると、フェロモンに対する耐性がつくことが分かってきたんだ。だが、獣人の男と結婚した人間の女は耐性がつきやすい傾向があるのに、獣人の女と結婚した人間の男はそうじゃないらしい。事例が少ないからあくまで推測なんだが、獣人の精液を生殖器の粘膜から摂取したかどうかで、耐性のつき方に差が出たんだろう。お前の強力なフェロモンを浴びた千佳ちゃんを助けるには、ほかの獣人じゃダメだ。お前が抱いて、直接、肛門の粘膜から精液を摂取させるしかない」

「抱いてやれ……って、簡単に言ってくれるな」

新たな戸惑いに、獅子谷はみっともなく声を震わせる。

「人間の千佳ちゃんがお前のフェロモンを浴び続けて、なぜ今まで大丈夫だったのかは分からない。しかし、千佳ちゃんを助けたいなら、手遅れになる前に抱いてやれ。師匠の大事な息子を死なせたくないだろう？　……ああ、獅子谷。悪いが列車が来たから切るぞ。また連絡する」

「えっ？　おい、ちょっと待て……」

獅子谷の呼びかけも虚しく、柳下は通話を切ってしまった。

ツーツーという無機質な音を聞きながら、獅子谷は茫然とその場に立ち尽くす。

──千佳を、抱くだって？

「冗談にしたって、笑えないだろ」

小さく独りごち、獅子谷は叩きつけるようにして受話器を戻した。

すかさずコテツが泣き出しそうな顔で縋りついてくる。

「おっちゃん！　ヤギの先生、来てくれるって？」

獅子谷は、正直に答えるべきか、嘘を吐くべきか躊躇(ためら)った。

そのわずかな沈黙が、コテツだけでなくミコも不安にさせたらしい。

「バンビちゃん、ママみたいに死んじゃうの？」

かろうじて人の姿を保っていた双子たちだったが、不安と興奮のためか徐々にその姿をトラへと変化させていった。そして、ミャーミャーと鳴きながら、獅子谷の両脚を繰り返し引っ掻く。

「いやよ。そんなの、いや……。バンビちゃんを助けてよ、哲おじさん！」

「おっちゃん、バーバリライオンなんだろ！　フェロモンで千佳ちゃんのこと、元気にできるんじゃないのかよ！」

母親を獣人病で失った過去が、子トラたちにより大きな不安を与えたに違いなかった。

「大丈夫だ」

獅子谷はしゃがみ込んで子トラたちを抱き締めた。

そして、苦しそうに眉を寄せ、短い呼吸を繰り返す千佳を見つめる。

「柳下が来てくれるまで、少し時間がかかる。だが、心配するな」

答えると、三頭の子トラたちが不安に身体を震わせた。

子トラたちを抱いたまま立ち上がると、獅子谷は静かに隣の六畳間に向かった。

「千佳を……バンビちゃんを、死なせたりしない」

子トラたちに向けて、これ以上はないというくらい精一杯の笑みを浮かべる。

「絶対に、助ける」

「ほんと？」

ミコが問うのにゆっくりと頷いてやりながら、獅子谷は三頭の頭や身体を優しく撫でた。

「ああ。だから、お前たちはここで、ゆっくり眠って待っていろ」

言い終わると同時に、子トラたちは小さな寝息を立て始めた。

獅子谷の強力なフェロモンを一度に浴びせられ、ショックによる失神状態に陥ったのだ。

「すまん。お前たちには少しキツかったかもしれんが、教育上……よくないだろ？」

三頭を布団に寝かせると、獅子谷は足早に板の間へ戻った。

「はぁ……」

後ろ手に襖を閉じ、溜息を零す。

子トラたちには偉そうに言ったが、動揺を拭いきれずにいた。

何故、こんなことになったのだろうか。

「人間だったなんて――」

青白い顔をした千佳を見下ろすと、足が竦むようだった。それでも、静かに歩み寄り、獅子谷は血の気のない頬へ手を伸ばす。

「気づけなくて、悪かった。俺のせいでこんな目に遭って……」

家族を失った千佳を元気づけ、心と身体を癒し、祐造のかわりに獣人として独り立ちさせてやろうと思っていたのだ。

だが、それがそもそもの誤りだった。

弾けるような笑顔を奪ったのが、自分の強過ぎるフェロモンだと思うと遣り切れない。

「なあ、千佳。これからお前を抱くが、これは……あくまでお前を助けるためだからな」

少し痩せた頬と、ぷっくりとした耳朶を指先でくすぐりながら、言い訳じみた台詞を吐く。

「こんな形で、お前を抱くことになるなんて、思っちゃいなかった」

紫色になった唇に触れたところで、獅子谷は奥歯を噛み締めた。

どうせ何を言ったところで、意識のない千佳には届かない。

獅子谷は千佳の服を脱がせていきながら、ずっと胸に閉じ込めていた想いを吐露した。

「はじめてお前を見たとき、あんまりカワイイからびっくりしたよ」

出会った日のことを、獅子谷は今も鮮明に記憶している。どんぐりみたいな目を大きく見開き、かわいい口をぽかんと開けた千佳の姿に、獅子谷は一目惚れしたのだ。

「見た瞬間、喰らいつきたくなるくらいグッときたんだ」

上半身を裸にしてジーンズを脱がせ、千佳を下着一枚にしたところで手が止まる。

「だが、お前はおやっさんの息子だろ？　おまけに、こっちはいい年をしたおっさんだ」

頭を撫でてやるたび、嬉しそうに笑う千佳が愛しくて堪らなかった。なんでもないところで躓いたり、子トラたちに揶揄われて涙を浮かべて怒ったり、千佳が見せる表情のすべてが、獅子谷の癒しとなっていたのだ。

ただ、そばにいてかわいい笑顔を見ていられたらそれでいい。

いつかは千佳も立派な獣人となって、人間社会に飛び込んでいくのだから――。

そう思っていたのに……。

「さすがに、手を出すわけにはいかねぇって、この間も……必死に我慢したのに……」

数日前の、新月の前日。

いつになく強烈なフェロモンが体内に満ちているのを、獅子谷は自覚していた。だから、柳下から申し出がなくても、前日のうちに千佳と子トラたちを預けるつもりだったのだ。

それなのに、予期せず千佳は戻ってきた。

千佳の匂いを嗅ぎ取った瞬間、獅子谷は理性を手放し、獣化して襲いかかった。

「何も覚えていない」なんて嘘で、断片的にだが記憶はある。

千佳が小さく唇を動かし、自分の名前を繰り返し呼んでいると覚(さと)った瞬間、獅子谷は己の腕に噛みつき、理性を必死に手繰り寄せたのだ。

「あのとき、我慢せずにお前を手に入れてりゃ、こんなつらい想いをさせずに済んだかもしれない。けどなぁ、かわいいお前の気持ちを無視して、触れたりしないと決めてたんだ」

言いながら、獅子谷は苦笑した。今、何を言ったところで、言い訳にもならないと気づく。

「ごめんな、千佳。お前が苦しんでるってのに、俺は腹の中で、お前に触れる口実ができたって喜んでるんだ」

言葉どおり、獅子谷の身体はすでに劣情の熱をはらみ、股間は臨戦態勢に入っていた。

千佳を助けるためと言いながら、自分の欲望を満たそうとしていることを充分に自覚している。

だからこそ、もう、止まれない。

いや、止めるわけにはいかなかった。

「抱くぞ、千佳。大丈夫だ。眠ってるうちに全部終わる」

千佳の頬にもう一度触れて、獅子谷はそっと華奢な身体に覆い被さった。

「頼むから……死なないでくれ――」

声を震わせながら囁きかけると、獅子谷は獣の口を千佳の口へ重ねた。

長い舌先を千佳の口腔へ捩じ込み、冷たく感じる舌を絡めて唾液を味わう。

「グルッ……グルル」

その甘美さに思わず喉が鳴った。

――人間の舌は、こんなにもやわらかく、甘いのか。

そのまま深く口接しながら、獅子谷は千佳の股間に触れた。爪を引っ込めた手でやんわりと包み込み、力のないペニスを揉みしだく。

意識を失った千佳の反応はほとんどない。

それが「死」を意識させ、獅子谷の危機感を煽った。

『千佳ちゃんを助けたいなら、手遅れになる前に抱いてやれ』

受話器越しに聞いた声が、頭の中で何度も繰り返される。

ことは一刻を争う。

けれど、獅子谷はどうあっても、千佳を乱暴に抱きたくなかった。

「ごめんな、千佳」

千佳の耳許へ囁き、ペニスへの愛撫を続けつつ、作務衣の下を脱ぎにかかる。しかし、左腕で上体を支え、右手で千佳を愛撫しながらでは、思うように脱げない。

「クソッ」

千佳に交合の痛みをなるべく与えないためにも、愛撫を省略することはできなかった。

獅子谷は下腹にぐっと力を込めると、「フンッ」と気合いを発した。すると、身体全体がぶわりとひと回り大きく張り詰め、作務衣は一瞬で張り裂けてただの布切れとなった。

あらわになった獅子谷の下半身は、ライオンそのものだ。太い腰回りに細く長いしっぽ、その付け根には大きな睾丸がパンパンに張り詰めている。そして、円錐に近い形状をしたペニスが、赤黒く勃起して腹の下で揺れていた。陰茎の付け根付近を覆う小さな突起は、ネコ科の生殖器特有の棘の名残だ。獣人は獣と人間の遺伝子を保有しているため、生殖器が人間に近い形状に変異していた。

「はぁ、はぁ……」

獅子谷は懸命に理性を働かせ、すぐにでも挿入したい衝動を抑え込み、千佳への愛撫を続けた。大きな舌で顔中を優しく舐め上げたかと思うと、そのまま首筋、浮いた鎖骨、そして薄っぺらい胸へと移動していく。その間も、股間をひたすら揉んだり扱いたりした。

「千佳……」

自分の声がみっともなく上擦っているのが情けない。それでも、獅子谷は千佳の名を呼ばずにいられなかった。

「すまん、千佳。すぐに……楽にしてやるから」

吐息交じりに囁きかけて、珊瑚(さんご)色の愛らしい乳首をべろりと舐め上げる。

「……んっ」

そのとき、千佳がかすかな反応を示した。同時に、獅子谷の手の中で性器が芯をもち始める。

「千佳？」

舌を絡ませた際、獅子谷の唾液をわずかながら摂取したせいだろうか。真っ白だった肌もいつの間にかほんのりと赤みが差していた。

——感じているのか？

半ば獣化して、肉球が現れた手——前脚でツンと尖った乳首を撫でると、千佳が胸を反り返らせる。呼吸も浅く、速さを増しているようだ。

千佳の身体は明らかに、獅子谷の愛撫に反応していた。

「あいつの言ってたこと、嘘じゃねぇってことか……」

自分の精液を千佳に与えれば、危機的状況を脱することができる。

それは獅子谷を安堵させるとともに、あらたな興奮の火種となった。ぞわっと全身が総毛立ち、ペニスがいっそう大きく張り詰める。

獅子谷は千佳の下着のウェスト部分を咥えると、下肢を抱え上げて一気にずり下げた。

半勃ちの性器がプルンと跳ねて、薄い陰毛と濃い肉色をした陰嚢が獅子谷の眼下に晒される。

「ッ……！」

無防備な千佳の裸体を目の前にして、獅子谷はゴクリと喉を鳴らした。激しい運動をしたときみたいに、呼吸が荒くなっているのが分かる。全身が燃えるように熱く、眉間と心臓のあたり、そして股間がズキズキと疼いて堪らない。

「千佳、いま……助けてやる、からっ」

囈言のように言って、獅子谷は千佳の腰を抱え上げた。そして、白桃のような尻に顔を近づけると、クンクンと鼻を鳴らす。

——いい、匂いだ。

かすかな汗の匂いに交じって、蜂蜜に似た甘い芳香が鼻腔をくすぐった。

「こんな匂いは……嗅いだことがない」

はじめて千佳と出会ったときも、わずかだったが同じ匂いがした。そして、甘い芳香が鼻腔をくすぐった瞬間、獅子谷は我を失ってしまったのだ。

この匂いが千佳の体臭なのか、フェロモンのような匂いなのかは分からない。

しかし、この匂いが獅子谷にとって特別なものであることは間違いなかった。

愛しく思う者の匂いを肺一杯に吸い込んだことで、獅子谷の興奮は限界に達しつつあった。無花果の実を想像させる窄(すぼ)まりに鼻先を擦りつけ、荒い息を吐く口を開き、舌全体でゆっくりと舐め上げる。

「ああ、なんて……甘いんだ」

ピチャピチャと音を立てて執拗に窄まりを舐め、ときどき尖らせた舌先で突くと、千佳が細い脚を跳ね上げた。

「ふっ……ん」

大きく開かせた股の間から千佳の様子を窺うと、切なげに眉を寄せて息を弾ませている。頬は紅を差したみたいに赤らんで、唇も健康的な色を帯びていた。

獅子谷はお座りの体勢で腰を落ち着けると、左の前脚で千佳の身体を支え、右前脚を忙しく上下する薄い胸に伸ばした。そうやって、尻と胸への愛撫を同時に行い、千佳の興奮を高めてやる。

「あっ、あっ……」

尖った乳首を鋭い鉤爪で優しく弾いてやると、千佳の口からあえかな嬌声があがった。尻の窄まりに舌を這わせ、張りのある尻朶を甘噛みしてやれば、切なげに腰を揺らす。

無意識ながらも快感を覚え始めた千佳の媚態に、獅子谷の頭は沸騰寸前だった。我を忘れそうになるたび、電話越しの声を思い出し、理性を繋ぎ止める。

『手遅れになる前に抱いてやれ』

そうだ。これは、応急処置だ。

けっして、己の欲望を満たすためのセックスでもなければ、思い合った者同士の情交でもない。

「ハアッ、ハア……ハアッ」

獅子谷は一度千佳の身体を解放すると、優しく布団に俯せた。丸い尻は獅子谷の涎にまみれて、糖蜜を浴びたように濡れ光っている。

「千佳」

声を発すると、興奮による唸りが勝手に漏れる。

獅子谷は千佳に背後から覆い被さると、前脚で腰を浮かせ、勃起したペニスを尻の谷間に擦りつけた。挿入を期待してペニスの先端から先走りがどっと溢れ、いやらしい音が大きくなる。

「……千佳、挿れるぞ」

千佳のはじめてを奪う喜びと、汚してしまう後ろめたさに苛まれつつ、獅子谷は腰を進めた。

「ッ……」

千佳が無意識に息を呑み、全身を強張らせる。

「すまん、千佳」

無意識に逃げをうつ細い腰をぐっと抱きかかえて、一気に貫く。

すべてを容赦なく腹の中へ収めると、獅子谷は千佳の項にやんわりと噛みついた。そして、小刻みに腰を揺らす。

「いっ……あ、あ、いた……っ」

ほぼ意識がないといっても、やはり痛みは感じるのだろう。棘のあるペニスに襞を引っ掻かれて、千佳は苦しげに眉を寄せた。

「んあっ……あ、あっ……あっ」

啜り泣きに似た泣き声に、興奮が募る。千佳の身体はすっぽりと獅子谷の巨軀に隠れてしまって、かろうじて頭部と左の腕が見えるだけだ。

腰を叩きつけ、中を捏ねるようにペニスで掻き混ぜると、千佳は高らかに嬌声を放った。

「ああっ……は、ぁ……あ、あ……ん」

悲鳴とは明らかに異なる扇情的な喘ぎに、獅子谷は堪らず理性を手放しそうになる。

「どう……なってるんだ、お前の中は……ッ」

千佳は尻に咥え込んだネコ科のペニスをきゅうきゅうと締めつけ、腰を小さく振った。自覚のないまま、自ら刺激を求め、快感を味わっているように見える。

「無垢な顔して……煽ってくれるな」

まるで、もっと欲しいと言うように腰をくねらせる千佳に、獅子谷は翻弄されそうだった。

その証拠に、挿入してそれほど経っていないのに、抗いきれない射精感が込み上げてくる。

「クソ……ッ」

激しく舌を打つと、獅子谷はより交合を深めるため、両前脚で腰をしっかと抱え直した。そして、地響きのような唸り声をあげながら、絶頂を目指す。

「グルルッ、グルッ、グルルル……ッ」

「んあっ、ああっ……はぁ……あん、あっ……あっ」

獣の唸り声と千佳の嬌声、そしてふたりの弾んだ呼吸音が部屋に響いた。

「出す、ぞ」

やがて、その瞬間を察すると、獅子谷は千佳の項を軽く咥えたまま舌で舐めた。

千佳は答えるかわりとばかりに、尻を窄ませる。

「……うう、出るっ。千佳の……中に……ッ」

みっともなく喘ぎながら、獅子谷は夥しい量の精液を千佳の腹へと注ぎ込んだ。射精は長く続き、その間、無意識に腰を揺らし続ける。

「ハアッ、ハア……ハッ、ハァッ」

やがてすべてを注ぎ終えると、獅子谷は再び腰を揺すり始めた。

ライオンの交尾は通常、数日間をかけて数十回、数百回と繰り返される。一度射精すれば千佳を助けられると分かっていても、理性を失うほど興奮した状態で本能に抗う術はなかった。

「すまんっ……千佳、千佳っ……」

獅子谷はその後も、もう終わってやらなければと思いながら、繰り返し千佳を求め、何度も何度も射精したのだった。

そうして、どれほどの時間が過ぎただろうか。

「ああっ……あ、あああ――っ」

獅子谷の絶頂とともに、千佳がこれまでになく大きな嬌声を放ち、全身を痙攣させた。

ふと見れば、千佳の腹の下で皺だらけになった布団の上に、真新しい白濁が飛び散っている。

「千佳、お前もイッたのか?」

自分の下でくたりとなってゼイゼイと喘ぐ千佳を見つめ、獅子谷はゴクリと喉を鳴らした。

千佳はもちろん、問いかけに答えない。

獅子谷の視線は、知らず千佳が吐き出した精液に引き寄せられる。

「この……精液を舐めれば、千佳は――」

胸が異様に高鳴り、獅子谷は性欲とは異なる凶暴な欲望を強く意識した。

千佳の精液を舐めたい――。

激しい衝動に駆られ、獅子谷は交合を解かないまま、ぐっと身を屈めた。

そのとき、けたたましく電話が鳴り響き、獅子谷はハッとして我に返る。

「駄目だ。それだけは、絶対に――」

自身に言い聞かせるように吐き捨てると、獅子谷は腰をゆっくりと引いた。ペニスの棘がこれ以上千佳を傷つけないよう、ゆっくりと引き抜いていく。

「あっ……」

千佳は小さく声をあげたが、絶頂の余韻もあってか、それほど痛がっている様子はない。

「乱暴にして……悪かった」

獅子谷の精を得たからか、千佳の顔色はすっかりよくなっていた。

汗ばんだ顔を見つめる間も、獅子谷の意識は千佳の精液につい引き寄せられる。

「くそっ！」

短く悪態を吐くと、獅子谷はビリビリに引き裂かれた作務衣の生地で、千佳の精液を乱暴に拭い、部屋の隅の屑(くず)カゴへ捨てた。

そして、電話の受話器に手を伸ばしたのだった。

【六】

——あれ？

やわらかな布団に寝かされていることに気づき、千佳はぱちっと目を開いた。

目に映る天井の染みに既視感を覚えつつ、いつの間に眠ってしまったのだろうと首を傾げる。

——たしか、厨房で哲さんと話をしてて……。

記憶を手繰りながら起き上がろうとしたとき、全身に鈍い痛みが走った。

「いたた……っ」

何故だか分からないが身体中が筋肉痛で、腕を少し動かしただけで呻き声が出そうになる。

そのとき、襖が開いて白衣を着た柳下が姿を見せた。

「やっとお目覚めだね。気分はどうだい？」

柳下の後ろに、あからさまに不機嫌そうな顔をした獅子谷が続く。人間の姿の柳下と、ライオンの獣人の獅子谷が並んだ様子に、千佳ははじめて「獅子そば」に来た日を思い出した。

「あの……？」

質問を投げかけようとして、千佳は右腕に点滴の針が刺さっていることに気づいた。

「まだ横になっていたほうがいい。危険な状態から脱したとはいえ、一時的に耐性がついただけだし、ちょっとした荒療治のせいで身体に負担がかかっているからね」

柳下は黒い前髪を耳にかけながら千佳の枕許へ膝をついた。

その背後に隠れるようにして獅子谷が胡坐を掻く。

「耐性……ですか？」

千佳は言われるまま再び布団に横になると、疑問の眼差しを柳下に向けた。

「ああ。きみは獅子谷のフェロモンにあてられて倒れたんだ」

答えつつ、柳下は慣れた仕草で千佳の脈をとる。

「あ、あの、僕……」

状況が呑み込めず、千佳は困惑の表情を浮かべた。

「きみが眠っている間に、いろいろと検査をさせてもらったんだけど……」

千佳の腕をそっと布団の中へ戻すと、柳下は眼鏡のブリッジを指で押し上げた。

「きみ、人間だよね？」

まるで心の奥底までお見とおしだとばかりに、レンズの奥の瞳を細めて千佳を見据える。

「……あ」

言葉に詰まり、千佳は俯くことしかできなかった。布団の中でパジャマの袖を握り締め、どうすればいいのか必死に考える。

すると、答え倦ねる千佳を見かねてか、柳下が口を開いた。

「もしかして自分が人間だってこと、気づいていたんじゃないのかい？」

「――あ」

シラを切ることなんて、千佳には到底できなかった。

ただ、獅子谷の反応が気になって仕方がない。

カタカタと震えながら、千佳は恐る恐る獅子谷の表情を窺った。

しかし、獅子谷は険しい顔をしたまま目を合わせてくれない。

――哲さんも、僕が人間だってもう知っているんだ。

獅子谷の態度から、千佳はそう確信した。

「症状も落ち着いたようだし、いろいろ聞きたいことがあるんだけど」

柳下はそこで咳払いをすると、おもむろに獅子谷を振り返った。

「悪いが、獅子谷。席を外してくれないか。お前がいると彼も話しづらいと思うからね」

「だが、柳下……」

獅子谷はムッとしたが、すぐ何かを察したように引き下がる。

「分かった。何かあったらすぐに呼んでくれ」

千佳の顔を見ずに早口で告げると、そのまま部屋から出ていってしまった。

――騙していた僕の顔なんて、見たくなくて当たり前だ。

自業自得だと分かっていても、獅子谷の冷たい態度が胸に突き刺さる。

ピシャリと襖が閉じられると、柳下はすぐに話を切り出した。

「きみは獅子谷のフェロモンを多量に浴び続けたため、身体の機能不全に陥って倒れたんだ」

「機能不全……?」

耳慣れない単語を繰り返すと、柳下は丁寧に説明してくれた。

「獅子谷のフェロモンが尋常じゃないくらい強烈だってことは知っているね？　獣人なら栄養になるが、人間があのフェロモンを浴び続けたら、遅かれ早かれ身体を毒されて、最悪の場合は死に至ることもあるんだ」

死、という言葉に、千佳は息を呑んだ。

「だが、きみが助かったのも、あいつのお陰だということも伝えておきたくてね」

「それは、どういうことですか？」

前髪を鬱陶しそうに掻き上げる柳下に問いかける。

「荒療治をしたと言っただろう。きみは獅子谷に抱かれて、助かったんだ」

「は？」

千佳は耳を疑った。目を瞬かせ、まじまじと柳下を見つめる。

「意識を失っていたから覚えていなくても仕方がないけど、獅子谷ときみがセックスをしたことは本当だ。わたしがここへ着いたとき、それはもう卑猥な匂いが満ちていたからね」

柳下はいやらしく目を眇め、口角を引き上げた。

卑猥な匂い、という表現が何を意味するのか、初心な千佳でも少し考えれば分かる。

「な……っ」

途端に、激しい羞恥に襲われて、顔がカッと熱くなった。

――僕と、哲さんが……セ、セ、セックスしただなんて……。

何がどうなってそんなことになったのか、千佳にはまったく信じられない。

獅子谷はどんな表情で、どんなふうに、自分を抱いたのだろう。獣化したバーバリライオンの姿だったのか、それともふだん見慣れた獣人か……。それとも、千佳のために人間の姿になってくれたのか。

激しく動揺しつつも、獅子谷が自分に触れてくれたのだと思うと、正直、嬉しくて仕方がない。

たとえどんな姿であっても、千佳にとって獅子谷はただひとり、恋する愛しい人だ。

獅子谷の胸に自分と同じ感情がなかったとしても、自分を助けるために抱いてくれたのだと思うと、それだけでじわりと胸が熱くなる。

「まあ、あんな獣とセックスしたなんて聞かされれば、ふつうは混乱しても仕方ない」

獣――という言葉を聞いて、千佳の胸が戦慄に震える。

あの強大で雄々しいライオンの姿で、獅子谷が抱いてくれた。

ふつうなら恐怖に総毛立つような出来事に、千佳は歓喜を覚え、唇を小さく戦慄かせた。

「けど、そのお陰で助かったのだから、獅子谷を嫌わないでやってくれ」

柳下は黙り込んだ千佳の反応から、真実を告げられてショックを受けたと思ったのだろう。

「き、嫌うだなんて！　そんなこと絶対にありませんから！」

千佳は飛び上がらんばかりの勢いで起き上がって思わず叫んでいた。

直後、全身の筋肉が悲鳴をあげて、千佳自身も苦痛に顔を顰めた。

急に起き上がったせいで枕許に立てられた点滴スタンドが揺れて、針が刺さった部分にピリッとした痛みが走る。

すかさず、柳下の叱責が飛んだ。

「おい、大きな声を出すな！　落ち着いたといっても、一時的なものだと言っただろう！」

それまで穏やかな物腰で話していた柳下の大声に、千佳はぎょっとする。

「きみの命に関わることだ」

柳下はそう言って、千佳を今まで見たことのない鋭い目つきで見下ろした。

「長い年月を経て、獣人は人間にまぎれて暮らせるようになった。だが、獅子谷は特別な存在だ。いずれきみはあの強烈なフェロモンに身体を毒されて、死ぬことになる」

真剣な眼差しと、淡々として澱（よど）みない口調から、脅しや嘘ではないことが伝わってくる。

「そ、そんなこと、急に言われても……」

柳下の言うことが本当なら、どれほど大変な状況にあるのか千佳にも理解できた。

けれど、ここを出ていこうなんて、欠片も思わない。

「い、いやです。僕は獣人だった父さんとずっと暮らしてきた。その間、倒れたことなんか一度もなかったんです。だから……」

たしかにここしばらく、ずっと体調が悪かった。けれどそれは、単に疲れが溜まってきただけだと思っていたのだ。

「千佳ちゃん。さっきも言っただろう？　獅子谷のフェロモンは特別なんだ。きみを育ててくれたシカの獣人とはまるで比べものにならない」

柳下に言われるまでもなく、獅子谷が獣人の中でも特別なフェロモンを持っていると知っている。だからこそ、こんな山奥で己のフェロモンを弱った仲間たちに分け与えているのだ。

「……でも、僕はっ」

なおも聞き入れようとしない千佳に、柳下は深い溜息を吐いた。

「きみには獣人や、獅子谷のことを、ちゃんと話す必要があるみたいだ」

ただ出ていけと言ったところで、千佳が納得しないと踏んだのだろう。柳下は眼鏡のブリッジを指で押し上げると、静かに話し出した。

「きみのお父さんみたいに、獣人のほとんどが本性を隠して人間と共存している。だが、獅子谷のように特別な能力をもっている者は、古くから人間と一線を画して生きてきた。強過ぎるフェロモンに人間とは比べものにならない身体能力などのせいで、正体がバレやすいからね。ひとつの町どころか国にとどまることもできず、世界中を転々とする仲間もいる」

柳下への反発心から、千佳はふいっとそっぽを向いて、聞くとはなしに話に耳を傾ける。

「獣人と人間の歴史は長くてね。日本じゃ平安時代には一部の獣人が人間と協力し合って暮らしていたとする資料もある」

「そんなに昔から……？」

千佳は獣人の歴史の古さに驚きを隠せない。

柳下の話によると、獣人は優れた身体や特殊な能力をもっていたため、遠い昔から人間では難しい仕事などを請け負うことが多かったという。

「平安時代に名を馳せた陰陽師や忍者などは、その祖の多くが獣人とされていてね。明治以降は政府が秘かに獣人を雇ってスパイとして働かせていたという記録も残っている。……現代だと暴力団なんかにも多いね」

その中でも、獅子谷のようにより強いフェロモンや能力をもつ獣人は、表に出ない闇仕事に関わることで生き延びてきたという。

「獅子谷はとある暴力団のもとでろくでもない仕事ばかり任されていた男なんだ」

やはり、という想いが、千佳の胸に切なく広がった。

「あるとき獅子谷の属する組織と敵対する組織の獣人との争いに、無関係の人間が巻き込まれる事件が起こった。獅子谷は仲間数人と捕まって、とある更生施設……まあ刑務所のようなところへ収監されたんだ」

「刑務所……」

千佳の脳裏に、獅子谷が月を見上げて呟いた言葉が浮かぶ。

『あの頃は本を読むぐらいしか、暇を潰す方法がなかったからなぁ』

あれはきっと、その更生施設にいた頃のことだろう。

「出所しても、その強過ぎるフェロモンのせいで、ふつうの生活なんか送れるわけがない。多くの獣人が裏の世界へ戻るんだけど、獅子谷は違ったんだ」

「……もしかして、父さんのところに？」

千佳の質問に、柳下が目を細める。

「獅子谷の兄貴分だったトラの獣人……ここで預かっている子どもたちの親だね。その人にきみのお父さんを紹介されて、獅子谷は獣人専門の蕎麦職人への道を踏み出したのさ」

獅子谷が更生施設を出る直前、子トラたちの父親がこっそりと面談に訪ねてきたらしいと柳下は語った。

「バーバリライオンなんて、世界中でも珍しいんだ。彼はそんな獅子谷の特別な力やフェロモンが、人間に利用されていることを懸念していたらしい。利用価値がなくなった獣人を、人間はゴミみたいに扱うことを知っていて、なんとかして獅子谷を助けられないか考えていたんだろうね。そこへ、ヨーロッパにいるバーバリライオンが、ほかの獣人にフェロモンを分け与えている話を聞いたらしくてね。それで、知人を頼って探した修業先が、きみのお父さんだったんだ」

獅子谷が祐造のもとに通って修業したのは、ほんの数カ月だったという。客として「鹿野や」に来る人間の身体に影響を及ぼすため、それ以上修業が続けられなかったのだ。それでも、獅子谷はしっかり、祐造の技と味を受け継いだ。

獣人たちの凄絶（せいぜつ）な歴史と、獅子谷の過去は、千佳の想像を遥かに超えていた。

――哲さんが、ヤクザだったなんて……。

もしかしたら、そうなのかもしれないと思っていたが、あらためて突きつけられるとさすがに動揺せずにいられない。

「あいつが前科持ちだと知って、ちょっと引いちゃったかな」

項垂れて黙り込む千佳に、柳下が揶揄うように声をかける。

「そんなこと、ないです」

「獅子谷は根がお人好しだからな。暴れると手がつけられないが、あの見てくれでキャラクターものとか、小さくてかわいいものが大好きだし」

柳下が何を言わんとしているのか、千佳には分からなかった。

「おまけに、思い込みが激しい」

その点に関しては、千佳も同意するほかなかった。

「きみが師匠に育てられたと聞いて、勝手に仲間だと思い込んでしまっただろう？　まあ、その点は私も獅子谷のことをとやかく言えないけどね」

柳下の言葉を黙って聞きつつ、千佳は唇を噛み締めた。

「とにかく、検査の結果から、きみは獣人に育てられたただの人間だということがはっきりした。さっきも話したとおり、ここでの生活はきみに死をもたらす」

淡々と、表情を変えずに柳下が続ける。

「人間として生きたいなら、きみにはここから出ていくことをすすめる」

冷徹にも見える眼差しを受け止め、千佳は奥歯を噛み締めた。

柳下の言うことは、もっともだ。ふつうなら誰もが従うだろう。

――もう、潮時なのかな。

獅子谷を騙してきたバチがあたったのかもしれない。

自分の身体がどうなろうと構わないが、いつまでも未練がましく居続けたら、獅子谷に迷惑をかけることになるだろう。

「先生の……言うとおりかもしれません」

そのとき、バタバタという足音が聞こえてきたかと思うと、派手な音を立てて八畳間へ続く襖が開け放たれた。

「バンビちゃん！」

「どこにも行かないでっ！」

「コラッ！　勝手に入るなって言っただろうがぁ――！」

耳としっぽを出したミコとコテツに続いて、獅子谷が姿を現す。さらにそのあとをタイガが這い這いをして追ってきた。

子トラたちは柳下を押し退けると、横たわった千佳に縋りつき声をあげて泣いた。

「もっとお手伝いするから、いなくなんないでぇ……っ」

「いたずらもやめる。ちゃんとイイ子にしてるからっ、だからここにいろよ！」

子トラたちは詳しい事情は聞いていないはずだ。ただ純粋に、千佳がいなくなることを悲しんでくれている。

「コテツくん。ミコちゃん……タイガ」

出会った日から懐いてくれた双子の泣き顔を見ていると、千佳まで泣いてしまいそうになる。

ふと目を向けると、獅子谷は襖の前に仁王立ちして、なんとも言えない難しい表情をしていた。

怒っているようにも、困っているようにも見える姿に、千佳の胸がチクンと痛む。

本音を言えば、ずっとここにいたい。

獅子谷とともに、子トラたちの成長を見守れたら、どんなに幸せだろうと思う。

けれど……。

——僕がここにいたら、哲さんに迷惑かけちゃうんだよね。

分かってる。

ちゃんと、分かってる。

「まあ、何も今日明日にも出ていけという話じゃない」

重苦しい沈黙を破って、柳下が口を開いた。

「え？」

何を言われるのかと、千佳は無意識に身構える。

そんな気持ちを見抜いてか、柳下が胡散臭い笑みを浮かべた。

「身内を失って頼るところは、獅子谷しかなかったんだろう？」

柳下は持参したドクターバッグを引き寄せると、医療器具を取り出しながら話し続ける。

その場にいた全員が、黙って柳下の声に耳を傾けた。

「いきなり出ていけと言われても困るだけだろう？　住む場所や就職先も探さなきゃならない。身体がもう少し落ち着いて、行き先が決まるまではここで療養すればいいんじゃないか？」

ステンレスのケースから注射器などを取り出して、柳下は千佳ににこりと笑いかけた。

「おい、ちょっと待て。そんな悠長なことを言ってる場合じゃないだろう？」

不満を口にしたのは、それまで黙っていた獅子谷だった。

「たしかに、なるべく早くお前から引き離したほうがいい。お前に抱かれたことでついた耐性が、どれだけもつか分からないからな。だが……」

柳下はアルコール綿や駆血帯、そして手袋を準備しつつ、獅子谷の顔を見ることなく答えた。

「千佳ちゃんの具合が悪くなったら、また抱いてやればいい話だ。そうだろう？　千佳ちゃん」

突然、話を振られて、千佳は返事に窮した。

「えっ？　あ、あの……」

柳下はニタリと意地の悪い笑みをたたえている。

――もしかして、揶揄われてるだけなのかな。

そう思ったとき、獅子谷が咆哮を放った。

「冗談じゃねぇぞ――っ！」

襖や障子がガタガタと震え、タイガが大声で泣きじゃくる。コテツとミコは千佳の背中に隠れてしまった。

「いきなり怒鳴るな。みんな怖がってるじゃないか」

柳下だけが、平然として獅子谷を仰ぎ見ていた。

「うるさい！　お前は簡単に言ってくれるがな、どんな想いで俺が……っ」

そこまで言って、獅子谷は突然、口にしかけた言葉を呑み込んだ。眉間から鼻の上に深い皺を刻み、爛々と輝く目で柳下を睨みつける。

「治療目的で抱いてやるのに抵抗があるなら、いっそつがいにしてしまえばいいじゃないか」

激昂する獅子谷とは対照的に、柳下は泰然自若といった様子だ。

——つがい、ってなんだろう？

千佳が疑問を抱いたとき、ほんの少しの間をおいて、獅子谷が再び雄叫びをあげた。

「そんなこと、できる訳ないだろうっ！」

激しく肩を怒らせ、鬣を逆立てたかと思うと、獅子谷は力任せに襖を蹴破った。

その瞬間、タイガが泣きやみ、コテツとミコは揃って子トラの姿に変化した。

ふたつに折れた襖が、メキメキと音を立てて客間へ崩れ落ちる。

千佳は茫然として、怒り心頭といった獅子谷を見上げた。

「おい、小さな子どもの前でやることか。落ち着けよ」

柳下が溜息交じりに告げる。

「う、うるさい！　お前に何が分かる！」

獅子谷は捨て台詞を残すと、縁側から庭へと出ていってしまった。

「やれやれ……。相変わらず面倒な男だ。何をこだわっているんだか」

柳下は気にするふうもなく、怯えて震える子トラたちに笑いかける。

「さて、千佳ちゃん。もっと詳しく調べたいことがあるから、改めて採血をさせてもらえるかい？

ああ、ちょうど点滴も終わりそうだね」

まるで何もなかったみたいに、柳下は淡々と処置をこなしていく。

「さっきも話したけど、これからのことが決まるまではここにいればいい。その間、きみの身体のことは、わたしが責任をもって診てあげよう」

柳下は採血を終えると、千佳の反対の腕に刺さっていた点滴の針も抜き取って、丁寧に絆創膏(ばんそうこう)を貼ってくれた。

「とにかく、きみはしばらく、トイレと風呂以外はこの部屋から出ないように。獅子谷にも出入りは控えるように言ってある。あと、抵抗があるとは思うけれど、急に具合が悪くなったら——」

不意に、柳下は千佳の左肩に手を置いて、耳打ちしてきた。

「また抱いてもらうんだよ」

「なっ……」

反射的に耳を塞ぎ、柳下に背を向ける。

「じゃあ、これでわたしは失礼するよ」

柳下はドクターバッグに医療器具をしまうと、すっくと立ち上がった。

「おチビさんたち、しっかり千佳ちゃんの看病をしてあげるんだよ」

「う、うん！　分かった！」

「任せてよ！」

子トラの姿でコテツとミコが元気に返事をすると、タイガが続けて「みゃう」と鳴いた。

柳下は子トラたちに優しく微笑んでから、再び千佳に声をかけた。

「きみもちゃんと考えるんだ。これからのこと、そして獅子谷のこともね」

意味深な台詞に、千佳は首を傾げる。

「アレは少し鈍いところがある。体調が悪くなったら我慢しないで、ちゃんと抱いてくれと言わないとダメだからね」

あきらかに、柳下は千佳を揶揄って遊んでいる。

「そ、それはもういいですからっ！」

千佳は顔を真っ赤にして、もぞもぞと布団へ潜った。

「ほら、きみたちも部屋から出て。千佳ちゃんを安静にさせないといけないんだから」

柳下が子トラたちを連れて部屋を出ていく。

診察の礼を言わなきゃ……と思いつつも、千佳は布団から顔を出せなかった。

心臓が痛い。顔が熱い。

バクバクと鼓動を打ち鳴らす心臓のあたりをぎゅっと押さえて、暗闇の中で何度も溜息を吐く。

――哲さんに、抱かれたんだ。

全身の筋肉痛のような痛みは、不調のせいではなく、獅子谷に抱かれた証拠だ。

千佳はそっと、自分を抱き締めた。

柳下は誤解しているようだが、千佳自身、獅子谷とのセックスに抵抗感はない。

触れてくれるなら、触れて欲しいと思う。

けれど、その行為に獅子谷の気持ちは存在せず、ただの治療行為でしかない。

千佳は嬉しいけれど、獅子谷は……違う。

「ふっ……、うぅ」

嬉しいのに、悲しい。

こんな気持ちは、はじめてだ。

「けど、哲さん。……ほんとは、イヤだったんだよね」

鬼のような形相で自分を見ろしていた獅子谷を思い出すと、どっと涙が溢れ出した。

自分を助けるために抱いてくれただけ――。

『冗談じゃねぇぞ――っ！』

『簡単に言ってくれるがな、どんな想いで俺が……っ』

あんなに嫌がっていたのに、また抱いてくれなんて、言えるわけがない。

「僕のこと、好きでもないのに……」

師匠の息子だから、自分のフェロモンが原因だから、獅子谷は仕方なく千佳を抱いたのだ。

ただの、治療行為として……。

「う……うぅ。ぐすっ……」

嗚咽を嚙み殺し、千佳は布団の中で丸くなった。

獅子谷が、好きだ。

ずっとここにいたいと願っていた。

けれど、獣人じゃないばかりか、命の危険があると分かった今、その願いは無惨に砕け散ってしまった。

「どうしたら、いいんだよ」

獅子谷と離れたくない。

でも、迷惑をかけるのも嫌だ。

相反する感情の板挟みに、千佳はなす術もなく啜り泣くだけだった。


床の間のある六畳間は、その日から千佳の隔離部屋のようになった。

柳下に言われたとおり、トイレや入浴時以外、ずっと部屋にこもって本を読んだり、ぼんやり庭を眺めて過ごす日々。

夜には襖越しに、獅子谷の蕎麦を食べに来た客の声が聞こえたが、以前のように顔を出すことは許されなかった。

体調はもうすっかりいいのだが、獅子谷のフェロモンの影響がどのように現れるか分からないため、とにかくおとなしくしておけと柳下にきつく言われている。

身のまわりのことは、コテツとミコが甲斐甲斐しく世話してくれた。食事を運んでくれたり、遊んでくれたりと、それはもう献身的だ。

そしてふたりは、毎日必ず、寝る前に千佳に言う。

「ずっとここにいてね、バンビちゃん」

「バンビちゃんのことは、オレたちが守るからな！」

目に涙をいっぱい溜めて訴えられるたび、千佳は申し訳ない気持ちでいっぱいになった。ここを訪ねてこなければ、子トラたちにこんなつらい想いをさせずに済んだに違いない。そうして自分もまた、違った道を歩んでいたはずだ。

けれど、今の千佳には、獅子谷や子トラたちと過ごす以外の日常がまったく想像できない。ここにいるのが自然のことのようにすら思える。

「……でも、それって間違いなんだよな」

夕暮れの空を縁側越しに眺めながら独りごつ。

ほんのついさっきまで、千佳は柳下の診察を受けていた。

『これ。よかったら暇潰しにでも見てみるといい』

柳下に手渡されたのは、十数枚におよぶ求人情報。

まるで「さっさと出ていけ」と言われたようで、目を通す気にもなれず放置している。

倒れた日から、もう二週間が過ぎていた。

しかし千佳はいまだに、これからのことを何ひとつ決められないでいる。

柳下が世話を焼きたくなるのも仕方ないと思う。

『食事の量が減ってきたと聞いたけど、一昨日からいっそう顔色が悪くなっているじゃないか。獅子谷にさっさと抱いてもらえと言っただろう?』

柳下の見立てによれば、フェロモンへの耐性が切れてきているらしい。

千佳の顔を見るなり「まだヤッてないのか?」と不躾（ぶしつけ）な質問を投げつけてきた。

「柳下先生は簡単に言うけど、付き合ってるわけでもないのに……できるわけないじゃないか」

獣人にとっては、治療のためのセックスなんて当たり前なのかもしれない。

けれど、千佳は簡単に割り切ることができなかった。

「そりゃ、僕は……嬉しいけど、哲さんには迷惑でしかないんだから」

もうずっと獅子谷の顔を見ていなかったが、最近、聞こえてくる声の調子から随分と苛立っているように感じていた。

子トラたちも、獅子谷の機嫌が悪くて怖いと零している。

多分、千佳の体調が少しずつ悪くなっていることを、快く思っていないに違いない。

また、好きでもない人間の男とセックスしなきゃいけない——と。

「はあ……っ」

ひとりでいると、ろくなことを考えない。

千佳は子トラたちに少し相手をしてもらおうと、襖の向こうへ呼びかけた。

「コテツくん、ミコちゃん。ごはんまでちょっとお話しない？」

この時間、獅子谷は店の仕込みと夕飯の準備で一番忙しくしている。いつもなら千佳が声をかける前に、子トラたちが部屋に顔を覗かせるのだが、どうも今日は様子がおかしい。

「そういえば、妙に静かだな」

タイガの鳴き声や、子トラたちのはしゃぐ声がまったく聞こえてこない。

「どうしたんだろう？」

千佳はゆっくり布団から抜け出すと、八畳間との仕切りになっている襖へそろりと近づいた。

そして、右耳を襖に添えようと顔を近づける。

するとその瞬間、襖が勢いよく開け放たれた。

「あっ」

「何、やってんだ」

ぎょっとして固まった千佳を、獅子谷が怪訝そうな目で見下ろす。

「え、あの、なんか、静かだなぁ……って思って」

答えながら、千佳はそろそろと後ずさった。

こんな近くで獅子谷と顔を合わせるのは、倒れた翌日以来だ。凜々(りり)しいライオンの顔や、逞しい身体を目の当たりにすると、この人に抱かれた——という事実を意識せずにいられない。

まともに獅子谷の顔を見られなくて、千佳はつい俯いて畳の目と自分の爪先を見つめた。

「哲さんこそ、どうしたの。ここには近づいちゃ駄目だって、柳下先生が……」

「その柳下に言われて、お前を抱きにきた」

即座に返ってきた言葉に、千佳は絶句する。

「——え」

驚きのあまり、パッと顔を上げて獅子谷を見つめた。

「柳下に言われたんだ。耐性が落ちてきているから、抱いてやれ……と」

そう言って、今度は獅子谷が顔を背ける。

「お前には苦痛でしかないだろうが、治療だと思って我慢してくれ」

硬い表情やくぐもった声に触れると、千佳はどうしようもなく悲しくなった。

——苦痛に感じているのは、哲さんのほうじゃないか。

千佳の命のため、そして師匠である祐造への義理を果たすため、獅子谷は無理をして千佳を抱いてくれようとしているのだ。

「ごめんなさい」

好きな人にイヤなことをさせて申し訳ないと思いつつ、それでもなお、そばにいたいと思う自分は、とんでもなく我儘で自己中心的だ。

「人間の僕なんかのために、無理させて……」

手を伸ばせばすぐ届く距離にいながら、今までみたいに髪に触れてくれない。

触れれば千佳の身体によくないと、獅子谷が気遣ってくれているのだと分かっている。

けれど、千佳はつい自虐的な思考に陥ってしまう。

「そんな言い方をするな。人間だろうが、お前がおやっさんから預かった大事な息子ってことに変わりねぇだろ」

獅子谷がいつになく早口で捲し立てるように話す。

「目の前でお前が苦しんでるってのに、助けないなんて選択は俺にはないんだよ」

——じゃあ、父さんの息子じゃなかったら……？

自分の捻くれた思考に、こそりと自嘲の笑みを浮かべた。体調が悪くなって、ずっと部屋にこもっているせいだろうか。獅子谷の言葉尻を捕えては、くだらない難癖をつけようとする。

「……千佳？」

黙り込んでいると、獅子谷が機嫌を窺うように呼びかけた。

「お前を助けたいんだ。……無理はさせない。だから」

そっと一歩踏み出し、右腕を伸ばすと、獅子谷は恐る恐る千佳の肩を抱き寄せた。

その瞬間、千佳の鼻腔にかつお出汁と醬油の匂いが広がった。

厚い胸に顔を埋め、千佳は震える唇を嚙み締める。

「抱かせてくれるか？」

遠慮がちな問いかけに、千佳は頷く以外、できなかった。


布団に横たえられ、裸に剝かれながら、千佳は顔を手で覆った。鏡なんか見なくても、顔が真っ赤になっていることが分かる。

獅子谷が作務衣を脱ぐ音だろうか。かすかに衣擦(きぬず)れの音が聞こえた。

「あの、哲さん？」

口の部分だけ隙間をあけて呼びかけると、獅子谷がゆっくり覆い被さってくる。

「なんだ？」

「子トラたちは……？」

賑やかな声が聞こえないことを不審に思いつつ、襖を開けて子トラたちが飛び込んでくるんじゃないかと心配で堪らない。

「心配するな。奥で眠ってる。そうそう目を覚ますことはない」

獅子谷が千佳の膝を割りながら、淡々と答える。

「そ、そうなんだっ」

剝き出しの内腿にさわさわと獣の毛が触れるのを感じて、千佳は声を上擦らせた。

──なに、これ……っ。

最初に獅子谷に抱かれたときは、意識を失っているうちにすべて終わっていた。

だから、今こうして正気で獅子谷に裸を見られ、あちこちに触れられると、恥ずかしくて、くすぐったくて、どうすればいいのか分からない。緊張のあまり全身が強張って、呼吸が乱れる。

「千佳。怖いなら、人の姿になってやろうか？」

「ちっ、ちが……」

不思議なことに、怖いなんて欠片も感じなかった。ただ、ひたすらに恥ずかしいだけだ。

「大丈夫だ。痛くないように、怖くないように……してやるから」

もふもふの毛皮に包まれるような感覚を覚えた直後、千佳の鼻先を獅子谷がぺろりと舐めた。

「あ」

思わず小さく声をあげたところへ、ざらついた舌が潜り込んでくる。

「ふっ……ぅん」

獅子谷は熱のこもった息を吐きつつ、喘ぐ千佳の口腔をゆっくりと舐(ねぶ)っていく。

「ぁふ、……ぅあ……あん」

歯の一本一本を確かめるように舐められたかと思うと、戸惑う舌に長い舌が絡みついた。

あんなに緊張していた身体がくたりとなって、気怠い熱を帯びている。眉間と腰の奥が連動するかのように、ジンジンと疼いてどうしようもなく切ない。

獅子谷が口付けを解いて、ざらつく舌で痩せた胸や内腿、そして腕の内側など、千佳の全身を舐めていく。

ざらざらした舌で全身を優しく丁寧に愛撫されるうち、千佳はいつの間にか顔を覆っていた手を外していた。

そのとき、獅子谷の大きな手が、千佳の股間をまさぐった。

「ああっ!」

ビクンと身体が跳ねたところへ、すかさず奥へと触れられる。

――お、お尻っ……!

初心で鈍感な千佳だけど、男同士でどうやって交わるのか、なんとなく想像はついていた。

しかし、獣人とのセックスなんて、未知の領域だ。一度、経験したといっても、千佳はまったく覚えていないのだから、どうしたって緊張に身が竦む。

そのとき、脳裏に獅子谷との衝撃的な出会いの情景が蘇った。

剝き出しになった尻に押し当てられた、熱い巨大な肉塊――。

獅子谷の性器の感触を思い出した途端、それまでとはまた異なった不安が千佳に襲いかかった。

見たことはないけれど、獅子谷の性器は異様に大きくて硬かった。

ライオンだろうと、獣人だろうと、相手が獅子谷なら何をされても怖くない。

そう確信していたのに、いざ獅子谷の手に触れられ、人間の性器とは明らかに違うモノを尻に受け入れるのだと実感した途端、忘れていた恐怖や不安がどっと押し寄せた。

「あ、あのっ……ほんとに、入る……の?」

「この間、お前は上手に俺を受け入れていた。だから、大丈夫だ」

耳許へ優しく囁かれると、不思議と大丈夫なような気がしてくる。

「棘でお前の身体を傷つけるようなことは……しない」

「ト、ゲ……?」

困惑する千佳の手を、獅子谷がそっと己の股間へ導いた。

「あっ」

触れた男根の感触に、思わず目を閉じてしまう。

「この、ブツブツしたものが、そうだ。雄のネコ科の獣人にはほとんどある」

低く掠れた声に促されて太く逞しい幹に触れると、たしかに突起状のものが根元付近を覆っている。しかし、それは棘と呼ぶにはやわらかで、触れたものを刺すような感触ではなかった。

「怖いだろうが、絶対に、気持ちよくしてやる」

「哲さ……ん」

目を開けて、間近に獣の顔を捉える。黒く縁取られた黄金の双眸が、まっすぐに千佳を見つめていた。

「お前はただ感じていればいい」

なんとなく、いやらしいことを言われているのだと分かる。

しかし千佳は、自然に頬を綻ばせ、こくんと頷いた。

「うん」

人間だとか獣人だとか、治療のためだとか義理だとか、そんなの関係ない。

獅子谷が自分を抱いてくれる。

ただそのことだけに目を向けて、身を任せよう。

――もしかしたら、これが最後かもしれないんだから……。

千佳は自ら獅子谷の肩に腕をまわした。癖のある褐色の鬣にしがみつくと、腕がもふっと埋もれてホッとする。

「頑張ります」

ふだんは鬣に隠れてほとんど見えない耳に囁くと、獅子谷がクスッと笑った。

「何を頑張るんだ？」

――いっぱい、哲さんを感じられるように、頑張るんです。

まさか本当のことは言えない。

「早く、元気になれるように……です」

鼻がツンと詰まって、唇が戦慄く。泣いてしまいそうだった。獅子谷に顔を見られなくて、つくづくよかったと千佳は思った。

「そうか」

獅子谷はそう言うと、千佳の骨が浮いた肩をザリッと舐めた。

それからあとは、ただただ獅子谷に身を任せるしかできなくて……。

お尻をまさぐられ、ぺたんこの乳首を齧られて、ちょっとだけコンプレックスのある性器を扱かれる。逃げ出したいくらい恥ずかしいのに、信じられないくらい気持ちがよくて、獅子谷に言われたみたいに、千佳は自分でも呆れるくらい快感に溺（おぼ）れた。

「あぁ……んっ」

獅子谷の大きなモノを受け入れた瞬間、とても自分のものとは思えない喘ぎ声が零れた。尻の窄まりがこれ以上は無理というくらい広がっているのが分かる。腹の内側から異形（いぎょう）の性器に穿（うが）たれ、内臓がうねるような感覚を覚えた。巨大な性器の根元にある突起に絶え間なく挿入部分を刺激され、全身を小刻みに痙攣させて悦（よ）がる。

苦しいのに、気持ちいい。

全身をすっぽりと獅子谷の毛皮に包まれ、内側を肉棒で埋められて、言葉にならない快感が込み上げてきた。

「千佳……っ、痛くないか?」

鼻の上に切なげに皺を寄せる獅子谷を見上げながら、千佳は涙ながらに大好きな人に微笑んだ。

「へい……き」

答えると、獅子谷は泣きたくなるほど優しいキスを、千佳の唇や頬、そして身体中にくれる。ときに激しく、ときにねっとり千佳の尻を穿つ間、獅子谷はひたすら千佳の名前を呼び続けた。それはもう、比べようがないくらいに優しい声で。

「千佳っ。千佳……っ。大丈夫か？」

「んっ……。いい、気持ち……いいよぉ」

見上げるほどの獣に犯されながら、千佳ははしたない嬌声を振りまく。

脳が融けそうな快感の中、獅子谷が狂おしくなるほど切ない声で、自分の名前を呼ぶのが聞こえてきた。

――なんで、そんな声で僕を呼ぶの？

「キツかったら、言えよ？　なあ、千佳」

愛してくれているわけでもないのに……と、快感に溺れながらも胸が痛む。

治療目的なら、もっと事務的に抱いてくれたほうが、いっそ気が楽だったろう。それこそ、名前なんか呼ばないで、ただ突っ込んで射精してくれたら、割り切れたに違いない。

「……あぁ、千佳。もうすぐ……だ」

千佳の耳に、グルルと低く唸る声が聞こえた。

腹の中が熱くて、はち切れそうなくらい、獅子谷の性器が大きく膨らんでいる。

「千佳っ……。ああ、クソ……ッ」

激しく舌打ちしたかと思うと、次の瞬間、獅子谷は千佳を抱く腕に力を込めた。
千佳もまた、逞しい身体にひしとしがみつく。
次の瞬間、腹の中で花火が弾けたかと錯覚するような衝撃と熱を覚えた。
そしてほぼ同時に、千佳は獅子谷の腹に向けて、精を放ったのだった。

【七】

「こんなに変わっちゃうものなんだ」

夕飯に出された雑炊をペロリと平らげ、空になった土鍋と箸をお盆に戻しながら呟く。

『人間が獣人とセックスすると、強烈なフェロモンに対する耐性がつく』

柳下や獅子谷から説明をされたが、千佳は心のどこかで疑っていた。

しかし、フェロモンへの耐性がなくなりそうになって獅子谷に抱かれると、途端に体調がよくなるのだから、もう信じるしかない。

今日、千佳は獅子谷と三度目のセックスをして、すっかり元気を取り戻していた。

「……哲さん、今日はとくにつらそうだったな」

事後の表情を思い出すと、胸が軋むように痛む。

千佳が倒れて、一カ月あまりが過ぎていた。

数日前の新月の夜。千佳は子トラたちといつものように柳下のもとへ避難したのだが、そのとき「まだ出ていかないのかい？」と意地悪くせっつかれた。

そのくせ柳下は、往診のたびに検査のためだと言っては、千佳の血液や尿、そして唾液などを採取して、思わせぶりな台詞を口にするのだ。

『きみのサンプルは今まで入手した人間のものとはまるで違う。だから、しばらくはここにいて、わたしの研究に協力してくれてもいいんだよ』

どちらにせよ、千佳はまだ「獅子そば」を出ていく決心がつかずにいた。

いや、出ていかなければならないと、頭では分かっている。

けれど、子トラたちに毎日「ここにいて」と懇願されると、心が揺らぐ。

何よりも、獅子谷への恋情が決意を鈍らせた。

ただ、肝心の獅子谷が何も言ってくれないのが気にかかっていた。

「バンビちゃん、ごはん食べた？」

襖をそっと開けて顔を覗かせたのはコテツだ。風呂から上がったばかりなのか、赤みの強い金髪がびっしょり濡れている。

「ごちそうさま。ちゃんと全部食べられたよ」

「ほんとだ！　最近、また元気がなかったから心配だったんだ。よかったぁ」

コテツは丼を覗き込むと、ほっとして安堵の笑みを浮かべた。

「コテツくん。髪が濡れたままだと風邪ひいちゃうよ。哲さんに乾かしてもらわなかったの？」

千佳が隔離されてから、子トラたちの世話は獅子谷がひとりでしている。千佳がやってくるまでもそうだったとはいえ、店の仕事は相変わらず忙しく、何かと大変そうだ。

「おっちゃん、元気なくて話しかけてもぼーっとしてるんだ。お風呂もミコとふたりで入れって」

コテツが耳をしょんぼりと倒して答える。

「え？」

千佳は耳を疑った。昼間、千佳を抱いてくれたときの獅子谷は、精力に溢れ、体調が悪いようには見えなかったからだ。

逸る気持ちを抑え、千佳はコテツを問いただす。

「コテツくん、どういうこと？　まさか哲さん、熱でもあるんじゃ……」

そのとき、厨房の方から金物が床に落ちたようなけたたましい音が響いてきた。

「……え？」

ハッとして、コテツとともに襖の向こう側の様子を窺う。

「なんの音だろう？」

「おっちゃん、鍋でもひっくり返したのかな？」

コテツが立ち上がり、しましまのしっぽを揺らして部屋を出ていこうとしたところへ、タイガを抱いたミコが姿を見せた。

「コテツッ！　バンビちゃん！　哲おじさんが……っ」

大粒の涙を流す姿から、千佳はすぐただごとではないと察する。

「哲さんが？」

千佳は咄嗟に起き上がり、部屋を飛び出した。

「あ！　バンビちゃん、部屋からでちゃダメだろ！」

コテツが呼び止める声を無視して厨房へ急ぐ。

「哲さん！　どうし……っ」

板の間とを仕切る暖簾をめくった千佳の目に、シンクに縋って膝をつく獅子谷の姿が飛び込んできた。背中を丸め、ゼイゼイと荒い息を吐き、千佳の声が聞こえないのか振り向きもしない。

想像もしていなかった弱々しい姿に、千佳は絶句して立ち尽くした。

――いったい、何が起きたの……？

そこへ、子トラたちが遅れて駆けつける。

「バンビちゃん、おっちゃんは……？」

千佳は右脚に縋りついたコテツの声に、ようやく我を取り戻した。

「哲さん、聞こえる？　何があったの？」

慌てて獅子谷に近づき、背中を摩りながら呼びかける。

すると、獅子谷が息を弾ませながらゆっくりと顔を上げた。そして、虚ろな瞳で千佳を捉えたかと思うと、大きな口を開けて目を細める。

「千佳、か……。なに、大丈夫だ」

「これのどこが、大丈夫なんだよ！　ねえ、どうしたの？」

獅子谷は緩慢(かんまん)な動きで体勢を変えると、シンクに背を預けて床に座り込んだ。

「俺のことは……心配するな。ちょっと、疲れが出ただけだ」

そう言う獅子谷の表情には、いつもの覇気(はき)がまったく感じられない。

「それ……より、勝手に部屋……出るなって言……」

千佳を睨(ね)めつけると、獅子谷は膝に手をついて身体を支え、立ち上がろうと力を振り絞った。

「駄目だよ、哲さん！　じっとしてて——」

慌てて大きな身体にしがみつき、制止しようとした。子トラたちも泣きながら、獅子谷の腰に抱きつく。

「うるさいっ……。大丈夫だと言ってるだろうがっ」

獅子谷が「グルル……」と唸り声を発し、千佳たちを威嚇（いかく）した、そのときだった。

「……う、ううっ」

カッと両目を見開いたかと思うと、獅子谷は全身を総毛立たせ、ガタガタと震え始めた。

「哲さん……？」

千佳の目の前で、獅子谷が突如として意識を失い、音を立てて倒れ込む。

そして、一瞬にして、巨大なバーバリライオンの姿へと変化した。その巨軀は、ギリギリ厨房に収まるサイズで、千佳や子トラたちはやわらかな鬣に埋もれて立ち尽くすばかりだった。

「え？」

何が起こったのか分からないまま、千佳は子トラたちとともに愕然となる。

獅子谷が身につけていた作務衣がビリビリに引き裂かれて、厨房いっぱいに飛び散っていた。

「哲、さん？」

ぐったりと横たわり、浅く短い呼吸を繰り返すライオンに呼びかけるが返事はない。

——うそ、だ。

千佳の脳裏に、厨房で倒れていた祐造の姿が浮かぶ。

「まさか、獣人……病？」

背筋が凍るような悪寒に身が震えた。なんとかしなければと思うのに、上手く頭が働かない。

そのとき、ミコが千佳のパジャマの袖をツンと引っ張った。

「バンビちゃん。哲おじさん……どうしちゃったの？」

ミコが涙を堪えながら、千佳を見つめる。その腕には、トラの姿をしたタイガが抱かれていた。

タイガもまた、心配そうに獅子谷を見上げている。

「大丈夫」

——僕が、しっかりしなきゃ。

千佳は子トラたちの頭を順に撫でてやると、いつも獅子谷がしていたようにニコリと笑ってみせた。

「哲さんが言ってたとおり、疲れたんだと思う。すぐに柳下先生に来てもらおう」

「ほんとに？　おっちゃん、死んだりしない？」

「哲おじさんまでいなくなったら、あたしたち、どうしたらいいの？」

子トラたちは母親を獣人病で亡くしている。そのせいで、余計に不安に感じているのだろう。

「だから、きっと大丈夫だって。哲さんがきみたちに嘘を吐いたことなんてないだろう？」

そうだ。獅子谷はいつだって子トラたちに真剣に向き合っていた。

——哲さんが大丈夫って言ったんだ。だから、僕も信じよう。

千佳は子トラたち三人をぎゅっと抱き締めると、急いで柳下へ電話をかけたのだった。

柳下は電話をして三十分ほどで、「獅子そば」に来てくれた。

「急に倒れたって？　それまで様子は変わりなかったんだろう？」

玄関先まで迎えに出た千佳に、柳下が早口で問いかける。

「僕の前ではまったく変わった様子はなかったんですけど、子どもたちに聞いたら、少し前からときどき疲れた顔をしてたみたいで……」

コテツから聞いた話をそのまま伝えると、千佳の先に立って土間に入った。

「そう、分かったよ。しかし、いいタイミングで電話をくれた」

「どういうことですか、柳下先生？」

しかし柳下は千佳の質問には答えないまま、いつになく険しい顔つきで土間から直接厨房へ上がろうとした。

しかし……。

「クソッ。こんなところで完全獣化する奴があるか」

厨房を埋め尽くすライオンの巨体を目の当たりにして、柳下は結局、板の間から厨房に入った。

「千佳ちゃん、子トラたちを奥の部屋に連れていって、出てこないように言い聞かせて」

柳下は獅子谷の大きな頭の前に屈み込むと、ドクターバッグを開いて聴診器などを取り出しながら指示を出す。

千佳は素直に頷き、心配する子トラたちを宥めて自分が休んでいた六畳間へ促した。最初はぐずっていた子トラたちだったが、すぐにおとなしく聞き入れてくれた。

「柳下先生が来てくれたから、大丈夫。少しの間、ここで待ってて」

子トラたちは琥珀色の目に涙をいっぱい溜めて、同時にこくりと頷いてくれたのだった。

厨房へ戻ると、柳下がいっそう難しい顔で千佳を手招いた。

「ここ、見てごらん」

柳下は手袋をはめた手で、獅子谷の大きな口を強引に開いてみせる。すると、長い舌がだらりと力なく垂れてきた。

「舌の裏側に、少し黄色がかった斑点が見えるだろう?」

言われるまま覗き込むと、たしかに小さな黄色い斑点がそこかしこに見える。

「獣人病だ。電話をもらったとき、そうじゃないかと思っていたんだが……」

「――え」

一瞬、千佳の目の前が真っ暗になった。思考が停止して、呼吸すら忘れそうになる。

「……それも、急激に進行している。大型種の、比較的若い雄に見られる傾向だ」

淡々と語る柳下の声に引き寄せられるように、ゆっくりと思考が回復していく。

「な、治らないんですか?」

不治の病だと聞かされていたが、確かめずにいられない。

「……もしかしたら。いや――」

柳下は何か考えるように目を伏せたかと思うと、数秒の沈黙の後、おもむろに口を開いた。

「今のところ、一時的に進行を遅らせることはできるが、獣人病を治す薬はない」

「そんな……」

ショックのあまり、千佳はその場にぺたんと座り込んでしまった。

——お昼前まで元気だったじゃないか。

何度も千佳の名前を優しく呼んで、抱いてくれたのに……。

「とにかく、このデカい図体のままじゃ処置ができない。多分、フェロモンがコントロールできなくて完全獣化してしまったんだろう」

そう言うと、柳下はドクターバッグから注射器と白濁した薬液の入ったアンプルを取り出した。

「あの、それは？」

「フェロモンの安定剤さ。今、獅子谷は理性の箍が外れてフェロモンが暴走している状態なんだ」

わさわさと鬣を掻き分け、柳下は実に手際よく安定剤を獅子谷に注射した。

「その薬でよくなるんですか？」

不安に胸が押し潰されそうだ。必死に涙を堪える千佳だったが、気を抜くと嗚咽まで込み上げてきそうだった。

「いいや。これはあくまで前段階の処置に過ぎない。獅子谷の意識が戻って獣化が解けたら、あらためて進行を遅らせる薬を投与する」

柳下が説明してくれるが、その説明が頭に入ってこないくらい千佳は動揺していた。

まさか、獅子谷が獣人病に罹るだなんて……。

「とにかく、目覚めるのを待つしかない」

手袋を外しながら柳下が溜息を吐く。

「哲さん、お願いだから……死なないで」

千佳は死んだように眠る獅子谷をそっと抱き締めると、鬣に顔を埋めて必死に祈りを捧げた。

獅子谷が意識を取り戻したのは、日付が変わった午前零時過ぎのことだった。

完全にライオンの姿でいたのは二時間ほどで、獣人の姿に戻ったところを千佳と柳下のふたりがかりで、店の八畳間に移動させた。四苦八苦して布団に横たえ、そこでようやく、柳下の手によって獣人病の進行を遅らせる点滴の処置が施された。

「ガキどもは、どうしてる？」

目覚めた獅子谷が最初に口にした言葉は、子トラたちを心配するものだった。

「哲さんの顔を見て安心したみたい。三人とも部屋で眠っちゃった」

枕許に座った千佳が答えると、獅子谷は大きな溜息を吐いた。

「そうか。お前にも余計な心配をかけちまったな」

獅子谷が申し訳なさそうに耳を垂れるのに、千佳はふるふると首を振ってみせた。

「僕のほうこそ、哲さんに迷惑かけてばっかりなんだから、お互い様だよ」

笑いかけると、獅子谷は苦笑を浮かべた。

「で？　柳下。やっぱり……アレか」

獅子谷が続けて、千佳の反対側の枕許に座っていた柳下に向かって問いかける。

「ああ。獣人病だ」

獅子谷は柳下の返事を聞いても驚かなかった。

「そうか」

「しかも恐ろしい速さで進行している。抑制剤もどこまで効果があるか分からない」

淡々と病状を伝える声を、千佳はまるで自分のことのような気持ちで聞いていた。

しかし獅子谷は、他人事のような口ぶりで問い重ねる。

「どれくらい、もちそうだ？」

短い質問に、千佳はドキッとして身体を強張らせた。

「一週間もてばいいところだろう」

柳下は至って冷静だ。眼鏡のブリッジを指で押し上げ、事もなげに余命を告げる。

「い、一週間なんて……っ！」

それまで黙ってふたりのやり取りを聞いていた千佳だったが、堪らず声をあげた。

「千佳、大声を出すなよ。ガキどもが起きるだろう」

「だって、哲さん！　こんな……急に……っ」

明日をも知れない命だというのに、どうして獅子谷は落ち着いていられるのだろう。

「死んじゃう……かもしれないんだよ？」

目を潤ませ、千佳は横たわった獅子谷の胸に縋った。堪えきれない涙が溢れ、布団をじわりと濡らしていく。

「ああ、そのことだが」

突然、柳下があっけらかんとして千佳と獅子谷に向かって告げる。

「助かるかもしれない」

長い前髪を右の耳にかけながら、柳下はいたずらっぽい笑みを浮かべた。

「臨床試験ができていないから、話すべきか迷ったんだがね。ただ、わたしには自信がある」

黒山羊らしい横長の瞳孔が、レンズの向こうで妖しく光った。

「おい、柳下。それは本当か？」

それまで静かに横になっていた獅子谷が、勢いよく起き上がって柳下に言い募る。

「兄貴の子どもたちのためにも、まだ死ぬわけにはいかねぇんだ。なあ、柳下。なんでもいい。どんな方法でもいい。助かる方法があるなら教えろ！」

獅子谷は全身の毛を逆立て、低く唸りながら柳下を問い詰めた。さっきまで昏睡（こんすい）状態だったのが嘘のような剣幕だ。獅子谷にこんなふうに凄まれたら、きっとほとんどの人は腰を抜かすか、背中を向けて逃げ出すだろう。

しかし、柳下は顔色ひとつ変えず、意味深な笑みをたたえて獅子谷を睨めつける。

「ねえ、千佳ちゃん。きみがここに来たときに話した、獣人病が治ったという、人間の男と結婚した女の獣人についての噂、覚えているかい？」

視線を獅子谷に向けたまま、千佳に問いかけた。

「え？　来たとき、ですか？」

言われて、記憶を手繰り寄せる。

しかし、千佳が思い出すよりも先に、柳下が口を開く。

「ふふ、要は、精液がポイントなんだ。いやぁ、きみは実にいいタイミングで連絡をくれた」

緊迫した状況のはずなのに、柳下は顔をニヤつかせて、どこか楽しげですらあった。

「勿体ぶってねぇで、さっさと助かる方法を教えろ！　もたもたしてると、腹喰い破って内臓引き摺り出すぞ。コノ、腹黒山羊が――っ！」

ライオンの咆哮が、八畳間を囲む襖や障子をガタガタと揺らした。

千佳は思わず両手で耳を塞いだが、やはり柳下は知らん顔をしている。

「そう吼えるな。子トラたちが起きると言ったのはお前だろう？」

指を一本、口の前に立てると、「しぃー」と言って獅子谷を茶化した。

「お、まえ……っ」

獅子谷は落ち着くどころか、ますます激しく牙を剥いて今にも柳下に飛びかかりそうだ。

「落ち着けよ、獅子谷。ちゃんと説明してやるから」

柳下は黒山羊の獣人だというが、ライオンの獅子谷が欠片も恐ろしくないらしい。

「千佳ちゃんも、聞いてくれるかい。一番の当事者は、きみということになるからね」

柳下が胡散臭い笑みを浮かべるのに、千佳は獅子谷と顔を見合わせた。

「まず、獅子谷が助かるかもしれないと言ったが、まだ確証はない。その点だけは理解してくれ」

断りを入れてから、柳下は静かに説明を始めた。

「タイミングがよかったと言ったのは、わたしも連絡しようと思っていたところだったからだ」

話を振り出しに戻し、順を追って説明しようというのだろう。

「千佳ちゃんが『獅子そば』に来てから倒れるまでの期間がどうも腑に落ちなくてね。きみの血液と精液の両方を調べさせてもらっていたんだ」

「せっ……？」

まさかという想いに、千佳の顔が瞬時に赤くなる。

「獅子谷に協力を頼んだのさ。きみを抱くたびに、精液を採取してくれってね」

柳下の説明を聞きながら、獅子谷がバツが悪そうにそっぽを向く。

千佳はただ驚くばかりで、声も出ない。

「本来、獅子谷クラスの獣人のフェロモンをふつうの人間が浴び続けた場合、遅くとも数日ほどで体調に変化が現れる。なのに、千佳ちゃんは一カ月も経ってから変調をきたした。どう考えてもおかしいだろう？」

そう言われれば……と、千佳は獅子谷と同時に頷いた。

「それでピンときたわたしは、人間と結婚した複数の獣人の男女、例の獣人病が治ったという女の獣人とその夫、そして千佳ちゃんから採取したサンプルを、ありとあらゆる方法で調べてみたんだ。実験と研究を重ね、ようやく今日、いや、もう昨日か……」

柳下は顔を紅潮させ、視線を虚ろに彷徨わせながら、声のトーンをどんどん上げていく。

「電話をもらう直前に出た実験結果から、素晴らしい仮説を立てられることが分かったんだ！なあ、すごいタイミングだと思わないか？」

今までなかったくらいに表情をキラキラさせ、柳下は千佳と獅子谷を交互に見た。

「……で？　結局、何が分かったってンだ？」

獅子谷が柳下を睨みつけ、うんざりした様子で吐き捨てる。

「これまで複数の獣人とその結婚相手の人間を調べてきて分かったのは、獣人のフェロモンを経口、もしくは粘膜から継続的に摂取した人間は、獣人のフェロモンに耐性がつくということだ。千佳ちゃんは獣人のお父さんと暮らしていたから何か特別なものを食べさせられていたのかもしれない。そのため、獅子谷の強烈なフェロモンに一ヵ月も耐えることができた。ここで獅子谷の蕎麦を食べていた影響もあるかもしれないね。これはまず、間違いないと思う」

獅子谷と千佳は、黙って柳下の話に聞き入った。

「次に、研究の途中で聞いた、獣人病が治ったという噂。その噂の獣人の女と結婚した人間の男と、千佳ちゃんのサンプルに共通した特徴が見つかった。聞けば『夫は出会った頃から甘い蜜のような香りがしてた』って、彼女が言うんだよ」

千佳は無言のまま、コクリと喉を鳴らした。

「獅子谷、たしかお前、千佳ちゃんから甘い匂いがしたと言っていたよな？」

獅子谷が驚きに目を見開き、ゆっくりと頷く。

「実は、千佳ちゃんと獣人の女の夫の精液から、獣人病を引き起こす細胞を攻撃する抗体が見つかったんだよ」

一瞬、その場に静寂が流れた。

「ほかに調べた夫婦で、人間の男と結婚したのに獣人病にかかった女がいてね。彼女の夫からはその抗体は見つからなかった」

驚きに沈黙する千佳と獅子谷に向かって、柳下が興奮して早口で捲し立てる。

「これはまだ仮説で、憶測の域を出ない……。だが、獣人のフェロモンに耐性がある、つまり、甘い匂いのする人間の精液を摂取すれば、獣人病を抑えることができるかもしれないんだ」

すっくと立ち上がったかと思うと、柳下は両腕を突き上げ雄叫びをあげた。

「素晴らしいと思わないか？　なあ、獅子谷！　千佳ちゃん！」

獅子谷と千佳は啞然として柳下を見上げる。

「甘い匂いのする、……人間？」

首を傾げたのは、獅子谷だ。

「僕の、せぃ……が……？」

精液という単語を口にするのを躊躇いつつ、千佳は小さく呟いた。

「甘い匂いのする人間と結婚した獣人だが、やはり新月を待たずに獣化するようになったらしい。理由はまだ分からないが、甘い匂いがバイオリズムに変調をきたすんじゃないかと思うんだ」

柳下が千佳に近づき、ポンと肩を叩いた。

「どうだい？　偶然とは思えないタイミングでの大発見だろう？」

フフンと胸を反り返らせ、柳下が自慢げに微笑む。

「というわけで、千佳ちゃん。獅子谷に精液を飲ませてやってくれないか」

四角く黒い瞳孔が、レンズ越しに千佳を見つめていた。

「まだたった二組しか症例がないから、今後も研究を続けていく必要がある。しかし、千佳ちゃんのような人間の精液から、いつか獣人病の特効薬を作り出すことができるはずだ」

正直、すぐには信じられなかった。

それに、恥ずかしい。

でも、信じたい。

「獅子谷を助けられるのは、今、きみだけなんだ」

「ほんとう、ですか？」

「ああ」

柳下の顔は自信に満ち満ちていた。

自分の精液で獅子谷が助かるなら、少しぐらい恥ずかしくても我慢できる。

「分かりました。僕の……なんかで役に立つなら、必要なだけ……」

身を乗り出すようにして柳下に答えようとしたとき、不意に肩を鷲掴(わしづか)みされた。

「待て……それは、駄目だ」

獅子谷が、千佳と柳下の間に割り込むようにして、ぼそりと告げる。

「でも、哲さん……」

まさか拒絶されると思っていなかっただけに、千佳のショックは大きかった。

「いいんだ。千佳」

獅子谷は千佳の肩を摑んで見つめたまま、左右に首を振ってみせる。その表情は怒っているようでもあり、悲しんでいるようにも見えた。

黄金色の双眸でまっすぐ見つめられ、千佳は何も言えなくなる。獅子谷がどうして柳下の提案を拒否するのか、その真意が分からない。

千佳が黙り込むと、獅子谷は優しく肩を二回叩いてから手を離した。そして、ゆっくりと柳下へ向き合った。

「……おい、黒山羊野郎」

低く掠れた声には、明らかに怒りが感じられる。柳下を上から睨みつけると、鬣を逆立てた。

「お前、都合のいいことばっかり、千佳に喋ってンじゃねぇぞ」

「さあ、なんのことかな。わたしは真実しか話していないと思うけど？」

柳下は相変わらずの態度だ。

「そうじゃねぇ！　言ってねぇことがほかにあるだろうって、言ってるンだよ！」

すると柳下が獅子谷の肩越しにちらっと千佳を見た。そして、悪びれることなく肩を竦める。

「お前はいつもそうだ。頭はいいくせに、研究のことになると途端に周囲が見えないおかしな変態になりやがる」

「失礼だな。せめてマッドサイエンティストと言ってくれよ」

「……何言ってやがる。馬鹿馬鹿しい」

反省の色をまるで見せない柳下に、獅子谷が盛大な溜息を吐く。

「あの、言ってないことって……？」

会話が途切れたのを見計らって、千佳はおずおずと柳下に問いかけた。

「我々獣人には、結婚相手や恋人などとより強い絆を結ぶために、『つがい』という特別な風習があるんだよ。お互いの血液か精液を交換することで、その『つがいの関係』が確立されるって話なんだけど……」

柳下は何ごともなかったみたいにさらりと説明をする。

「獣人とつがいになった人間のほとんどが、獣化してしまうんだ。それぞれ個人差があって、耳だけが変化する者もいれば、しっぽが生える者、ほぼ獣化する者と様々だ」

「そんな、ことが……？」

獣人のもつ特別な力に、千佳は唖然とする。

「それだけじゃねぇ」

それまで黙っていた獅子谷が、千佳に背を向けるようにして先を続けた。

「一度、獣人とつがいになった人間は……二度ともとの身体に戻らねぇ」

低くくぐもった声でそう言うと、獅子谷は再び口を閉ざした。

「もとに戻らないって……」

驚きに目を瞬かせていると、柳下が「ごめんね、千佳ちゃん」と声をかけてきた。

「ちょっと説明を省略しただけで、わざと隠していたわけではないんだ」

まるで謝意の感じられない柳下の態度に、獅子谷が舌打ちをした。

しかし、柳下はまるで意に介さない様子で、千佳につがいの説明をしてくれる。

「どうして血液と精液の交換に限られるのか、まだ明らかにされていなくてね。フェロモンへの耐性が一時的につく件についても同じ。何故、性器や肛門の粘膜から摂取したときだけ効果が出るのか解明されていない。まあ、それらも今後わたしが……」

柳下は獣人の未来のため、それらの謎を解明するために日々研究を重ねているのだと言った。

「お前のご託はどうでもいい」

獅子谷は不機嫌そうに口を挟む。

「お前は結局、自分の研究のために俺ばかりか、千佳まで利用しようとしてる」

「まあ、その点は否定しない。けれど、獣人の仲間やお前、そして千佳ちゃんを助けたいという気持ちはちゃんとある。お前が千佳ちゃんとつがいになれば、すべて丸く収まると思わないか」

「千佳の人生を奪うことになっても、それでもいいってのか！」

再び、部屋に獅子谷の怒号が響いた。

そして、沈黙が訪れる。

獅子谷は項垂れて口を結び、柳下は呆れたように溜息を吐く。

千佳は、獅子谷や柳下の言葉を理解しようと必死に考えていた。

「……つまり、哲さんは僕とつがいになるのが、嫌ってこと？」

たどり着いた答えを口に出した途端、胸を引き裂かれるような痛みを覚えた。

「千佳、お前はつがいってものがどういうものか、分かってねぇんだ」

ハッとして獅子谷が振り向く。その目はひどく動揺していた。

「お前はもう、俺の精液を身体に受けている。もし俺が千佳の血か精液を口にしたら、お前はもう人間ではなくなってしまうんだぞ？」

獅子谷は千佳の両肩を摑むと、必死の形相で訴えかけた。

「今ならまだ、人間として生きていける。俺なんかのために、人生を滅茶苦茶にすることはねぇ」

獅子谷の気持ちは、痛いくらい理解できる。

けれど千佳は、悲しくて、そして腹が立って仕方なかった。

「哲さんの気持ちは嬉しいよ。でも、僕の人生は、僕が決めることでしょう？」

そう言って、肩を摑む獅子谷の腕を摑み返すと、千佳はライオンの咆哮に負けないくらいに声を張りあげた。

「けど、あの子たちはどうするんだよ！　さっき、自分で言ったじゃないか。子トラたちのためにも死ぬわけにはいかないって！」

「……っ」

獅子谷の双眸が、動揺に激しく揺れる。しかし、それでも「うん」とは言ってくれない。

「千佳ちゃんの言うとおりだ。獣人病が進行すればするほど、助かる確率だって下がるんだ」

迷っている暇などないのだと、柳下は獅子谷を睨みつけた。

「なあ、獅子谷。受け入れてくれ。助けられるかもしれないのに、何もしないでいることが医者にとってどれだけつらいと思っているんだ？」

柳下がはじめて、表情を切なげに歪めて訴える。研究のためではなく、本心から獅子谷を助けたいと思っているのだ。

しかし、獅子谷は柳下と睨み合ったまま、頷くことはなかった。

「千佳ちゃん」

柳下は千佳に呼びかけると、すっくと立ち上がった。

「わたしにはこの頑固なライオンを説得できないらしい。けど、きみなら……説き伏せられるかもしれない」

「え……」

戸惑う千佳に、柳下がふわりと微笑む。

「つがいになるためなら、千佳ちゃんの血でも構わないんだけどね。獅子谷の獣人病を治すためには、きみの特殊な精液を摂取しなきゃだめなんだ」

柳下の声が聞こえないかのように、獅子谷は表情を強張らせたままだ。

「子トラたちを連れてドライブしてくるから、その間、ふたりでしっかり話し合ってくれるかな」

柳下はそう告げると、千佳の返事を待たずに子トラたちが眠る隣室へ入っていった。

千佳はちらっと獅子谷の様子を窺った。

するとと、獅子谷は千佳の目を避けるように、大きな背中を向けてしまう。

「じゃあ、頼んだよ。千佳ちゃん」

柳下は子トラたちを抱いて、そのまま部屋を通り抜けて土間へ下りた。そして、静かに玄関を出ていく。

千佳と獅子谷はお互い無言のまま、柳下を見送った。

気まずい沈黙が流れる中、千佳はどうやって獅子谷に納得させようか考え倦ねる。

けっして口が上手いわけじゃない。獅子谷が話を聞いてくれるかも分からない。

それでも――。

「ねえ、哲さん。僕は哲さんに死んでほしくないよ」

結局、助けたいという気持ちを真正面からぶつけるぐらいしか、千佳には考えつかなかった。

「僕のことを思ってくれてるのも、すごく分かる。多分、僕が哲さんだったら、同じように拒否すると思うんだ」

獅子谷は黙ったまま、何も答えてくれない。

しかし千佳はそのまま大きな背中に語りかけ続けた。

「哲さん、僕のために……好きでもない僕を何度も、その……抱いてくれたでしょ？　それと同じじゃないかな。僕とつがいになっちゃうのはイヤかもしれないけど……」

獅子谷の熱を、大きな身体と逞しい腕のぬくもりを、千佳は大切に記憶の引き出しにしまっている。

「このまま哲さんが死んじゃったら、僕は一生、後悔して生きることになると思うんだ」

そのとき、獅子谷がゆっくりと振り返った。

申し訳なさそうに千佳を見て、鬣を掻き毟る。

「お前、そういう言い方は狡いだろ」

ムッとして睨みつけるが、けっして怒っているようには見えない。

「お願いだよ、哲さん。僕の精液……飲んで？」

「こんなおっさん相手に、冗談みたいなこと言うな」

ふいっとそっぽを向くが、獅子谷の目は慌てたように泳いでいた。

「そんなこと、関係ない。だったらなんで、獣人でもない、しかも男の僕を抱いてくれたの？父さんの息子だったからだよね？　世話になった人の子どもだから助けてくれたんでしょ？」

千佳はずい、と膝を進めて獅子谷に迫った。

「僕もそうだよ。今日までよくしてくれた哲さんを助けたい。恩返ししたいんだ」

「恩なんか……感じなくていい」

素気ない返事に、千佳はカッとなった。

「じゃあ、どう言えばいいんだよ！　僕が……哲さんのことを好きだって言ったら、納得してくれる？」

思いのまま吐き捨てて、獅子谷の背中に縋った。

「ち、千佳……？」

獅子谷の顔は見えなかったけれど、激しく動揺するのが強張った身体から伝わってくる。

「僕は、哲さんに抱かれて嬉しかった。僕を助けるために、仕方なくしてくれたことだって分かってるけど、嬉しかったんだ」

ほんのりと出汁の香りがする鬣に顔を埋め、想いのたけを伝える。

「哲さんが僕を好きじゃなくても、本当に……嬉しかったんだよ」

生まれてはじめての告白に、気づくと涙が流れていた。

「哲さんが……好きなんだ」

ビクンと、獅子谷が肩を震わせる。

——びっくりして、当たり前だよね。人間の、男からの告白なんてさ。

「千佳」

それまで押し黙っていた獅子谷が、おもむろに口を開いた。顔は俯いたまま、左手を伸ばして、右肩に縋った千佳の手をそっと握る。

「お前は、怖くないのか？」

獅子谷の問いに、千佳はフルフルと首を左右に振った。

「哲さんを助けられるなら、怖くなんてないよ」

「人間ではなくなってしまうんだぞ？」

「そんなの、平気だよ」

すべて、素直に答える。

「お前は分かっていないんだ」

だが、獅子谷は頑なだ。

「なぁ、千佳。俺は獣人とつがいになったせいで、不幸になった人間を知っている。受け入れたつもりでも、いざ身体が変化すると、そのおぞましさに耐えきれず、自らを傷つけたり……死に救いを求めることもある」

獅子谷の低く掠れた声は、かすかに震えている。

「俺は、お前をそんな目に遭わせたくない」

「平気だって、言ったよね？　僕は哲さんが好きで、哲さんのつがいになれるなら……」

こんなにも本気だと伝えているのに、どうして獅子谷は受け入れてくれないのだろう。

「口ではどうとでも言える！　俺が見てきた人間も同じようなことを言っていた。だが、実際に獣化したら途端に恐ろしくなるんだ。そうなってからじゃ、もう手遅れだってことが何故分からないんだ！」

グルルと唸りながら怒鳴る獅子谷の目が潤んでいる。本気で千佳を心配してくれているのだ。

自分の命が失われても、千佳に生きてほしいと願ってくれている。

そんな優しい獅子谷だからこそ、千佳は好きになった。

「分からないのは、哲さんのほうじゃないか」

負けじと言い返すと、獅子谷がぎょっとした。

「僕は……もう、大切な人を失いたくないんだよ！　本当の親に捨てられて、父さんも死んじゃった。それなのに哲さんまでなんて……耐えられるわけないだろう！」

どっと涙が溢れ出し、視界が曇る。鼻水も垂れてきて、ぐちゃぐちゃのみっともない顔になっているだろう。

「……泣くなよ、千佳。お前に泣かれると、どうしていいか分からなくなる」

獅子谷が両肩を優しく擦ってくれる。その優しさが、千佳を切なくさせるとも知らないで――。

「哲さんの……せいだろっ。こんなに言ってるのに……分かってくれない……っ」

グスグスと泣きじゃくりながら、千佳は獅子谷を責めた。

「なあ、千佳。泣いてくれるな。ほら、泣き止め」

鉤爪を引っ込めた大きな手が、次々に溢れる涙を拭ってくれる。

「哲さん、好きなんだよ。お願いだから……死なないでっ」

濡れた目を見開き、千佳は想いを込めて縋った。

すると、それまで不機嫌に顔を顰めていた獅子谷が、不意に口許を綻ばせた。駄々っ子を宥めるような困惑と諦めが入り混じったような、複雑な微笑みだ。

「お前、こんな前科持ちの獣人で、しかも四十を超えたおっさん相手に、本気か？」

ふわりと微笑み、わずかに首を傾げ、黄金色の双眸で千佳の顔を覗き込んでくる。

「前科があっても、獣人でも、四十超えてたって、好きになっちゃったんだから仕方ないだろ！」

想いが伝わらないもどかしさに、千佳は獅子谷の分厚い胸を叩いた。

「ずっと片想いでいいから、僕のこと……好きになってくれなくていいから、哲さんのそばにいたいんだよ。だから……っ」

死なないで……と続けようとしたとき、いきなりもふもふっとした胸に抱き竦められた。

「んっ」

息ができないくらいぎゅうぎゅうと太い腕に抱き締められ、千佳は目を白黒させる。

「あんまり、かわいいことを言ってくれるな、千佳」

獅子谷が千佳の耳許に、掠れて上擦った声で囁く。

「て、つ……さん？」

自分を包み込む腕が小刻みに震えていることに気づき、顔を上げようとするが抱擁（ほうよう）がキツくて叶わない。

「片想い、だって？　それは、こっちの台詞だ」

獅子谷が千佳の耳に直接注ぐように囁く。

「……え？　ちょっと、哲さん！　腕、ゆるめてよ！　ねぇ、今なんて言ったの？」

思いもしなかった獅子谷の告白を聞いて、千佳は軽いパニック状態に陥った。

ぐいぐいと獅子谷の胸を押し返しながら、もじもじと身じろぎをする。

震える腕、掠れて上擦った声、想像だにしない告白の言葉。

いったい、獅子谷はどんな顔で自分を抱き締めているのだろう。

「哲さん！　顔、見せてってば！」

叫んだと同時に、身体がふっと楽になった。

ハッとして上を向くと、相好を崩した獅子谷が黄金色の瞳を潤ませて千佳を見下ろしている。

「はじめてお前を見たときから、俺はお前のかわいさにヤられてる」

「え……？」

きょとんとして見上げる千佳に、獅子谷はニコニコしながら頷く。

「あの新月の夜、あんまりかわいい声がするから、我慢できずに飛び出した。そしたら、俺の理想のカワイイが落ちてる……って思っちまったんだ」

そう言って、ふいっと顔を背ける。鬣の隙間から覗いた耳をしきりにピクピク動かしているのは、照れ隠しだろうか？

「……それって、いわゆる」

「ああ、一目惚れってやつだな」

ちらっと目だけを千佳に向けて、はっきりと告げる。

「俺は最初から、お前に惚れてた」

まさか、獅子谷が自分と同じように恋をしていたと知って、千佳は全身に痺れるような衝撃を覚えた。心臓が激しく震え、身体中の毛穴がぶわっと開いたみたいに汗が噴き出る。

「僕なんかの、どこが……？」

あれだけ自分の「好き」を認めない獅子谷に腹を立てていたのに、千佳は獅子谷が何故自分を「かわいい」と思ったのか理解できない。

「まず、声がいい。匂いも堪らねぇ。あとはどんぐりみたいな丸い目とか、ぷくっとしたほっぺたとか、ばさばさの睫毛とか、それからびっくりして跳ね上がった声なんかも、なんというか……喰らいつきたいくらい、俺の理想の『カワイイ』なんだ」

顔を背けながらも、獅子谷は遠慮なしに千佳のかわいい部分を列挙した。

「それは、どうも……」

嬉しいというよりも、恥ずかしくて、千佳もまた俯いてしまう。

「正直言うとな。俺も……お前のことを『バンビちゃん』って呼びたかったんだ。だって、かわいいお前にぴったりだろう?」

胸に秘め続けた想いを吐き出した解放感からか、獅子谷はいつになく饒舌だ。千佳の背中や肩を優しく撫でながら、髪の匂いを嗅いだり、舐めたりする。

「お前に触れるたび……必死に『これは治療だ』って言い聞かせた。じゃなきゃ、箍が外れて、それこそ一方的にお前をつがいにしてしまいそうで……そんな自分が許せなかったんだ」

「そうだったんだ」

「お前が大嫌いな人間だと分かってても、どうしても……自分の心に嘘は吐けなかった」

獅子谷もまた、千佳への恋情を抱えて苦悩していたのだ。

「哲さんがそんなに僕のことを思ってくれてたなんて、全然、気づかなかった」

「俺もだ。まさかお前が俺を好き……だなんて、今もまだ夢でも見てる気分だ」

お互いに顔を見合わせて、くすっと笑う。

「いっしょだよ。だって僕、哲さんが初恋なんだから」

恋の苦しさや切なさ、そして喜びを教えてくれたのが、獅子谷でよかったと思う。

「おい、俺だって似たようなもんだ。本気でかわいいと……愛しいと思ったのは、お前だけだぞ」

嬉しいと思うと同時に、ほんの少し、不安が顔を覗かせる。

「哲さん、人間の僕で……本当にいいの？」

「人間だろうが獣人だろうが、関係ねぇ。お前だから……こんなにも胸が苦しい」

噛み締めるように言って目を伏せる。そして、数秒の間をおいて再び口を開いた。

「千佳、お前を俺のものにしてもいいか？」

そうっと目を開き、獅子谷が揺るぎない瞳で千佳を見つめる。

何も言わず、奪ってくれればいいのに……と思いつつ、千佳はにっこり笑って頷く。

「もちろんだよ、哲さん。僕を、哲さんのつがいにしてください」

そう言うと、千佳は精一杯に背伸びして、獅子谷の黒い鼻先に掠めるようなキスをした。

「そして、ずっとふたりで生きていこう？」

瞠目する獅子谷に、いたずらっぽく微笑みかける。

すると、獅子谷は返事がわりとばかりに、千佳の頬をざらついた舌でべろりと舐めた。


体格差が大き過ぎるせいで、獅子谷にのりかかられると千佳の視界はほとんどなくなる。目に映るのは獅子谷の顔と、その向こう側の天井ぐらいだ。

「ハッ、ハァッ……」

文字どおり、獅子谷が嚙みつくようなキスをくれる。ときおり、白い牙が唇や舌、頰にあたるたび、千佳はゾクゾクと身体を震わせ、甘い声をあげた。

「うぅ……っ。哲さぁ……ん！　なんか、変……っ」

もう三度も獅子谷に抱かれたというのに、これまでとは比べものにならない快感が千佳を襲う。沸騰した血液が駆け巡っているかのように、全身が妙に熱い。とくに下腹はズクズクと疼き、そこから身体が融けていきそうな気がした。

「ああ、俺も……おかしくなりそうだっ」

全身の毛を逆立て、千佳に覆い被さった獅子谷が、べろりと舌舐めずりする。口の端から涎が垂れて、千佳の首筋や胸許を濡らした。

互いに身体は興奮しきっていて、千佳の性器も、獅子谷のペニスも完全に勃起している。

獅子谷が腰を低くして、千佳の腿や下腹などにペニスを擦りつけながら、「グルル」とせわしげに喉を鳴らした。

千佳を傷つけないために、爪はつねに引っ込めてくれている。その大きな手と、器用な指先で全身をくまなく愛撫され、千佳はなす術もなく悦がりまくり、声をあげた。

「哲……さん、哲さん……っ！」

「ああ、なんだ？　もっと気持ちよくしてほしいのか？」

わけもなく名前を呼んでしまうのだけど、獅子谷はそのたびに返事をしてくれた。

「そんなの、わか……んないぃ」

鬣を掻き乱したり、大きな鼻先に顔を擦りつけたり、考える間もなく身体が動く。

「お前は、敏感だなぁ。触れるところ全部、いやらしく感じて……かわいい」

言いながら、獅子谷は千佳の顎先をべろんと舐めた。そして、そのまま顔をずらして、薄っぺらい胸に鼻先を擦りつける。

「あっ、あっ……」

汗と、獅子谷の涎でべとべとになった胸を、ひんやりした鼻やざらついた舌で撫でられると、短く甲高い嬌声が千佳の口から漏れた。

「ツンと尖った乳首も、桜色の乳輪も、本当に……かわいいなぁ。千佳」

感嘆の溜息を吐きつつ、獅子谷がうっとりと囁く。

「変な……こと、言わないでよ……」

ことあるごとに、「かわいい、かわいい」と囁く獅子谷を、千佳は涙目で見下ろした。

すると、左の乳首をペロペロと舐めている獅子谷と、ちょうど目が合った。

「あ」

熱をはらみ、潤んだ獣の双眸が、いやらしく千佳を見つめている。獅子谷はまるで見せつけるように、ゆっくりと大きなピンク色の舌で、ザリ、ザリ……と尖った乳首を舐め上げた。

「あ、あ――」

ひどく淫猥な情景を目の当たりにして、千佳は息を呑む。途端に、新しい快感の波が押し寄せて、全身がブルッと震えた。

「だめっ、そこは……舐めないで……っ」

「どうして？　乳首を舐めると千佳のちんこがかわいらしく跳ねて、気持ちがいいって喜んでるぞ？」

獅子谷が千佳の性器をやんわりと握って、その硬さを突きつける。

「んっ……あ、やぁ……変なこと言うな……ってば」

乳首を舐めると同時に性器を扱かれると、どうしようもない快感が千佳を包み込んだ。腰が勝手に揺れるのを止められない。甲高くて湿った声が出るのを我慢できない。

「ああ、なんてかわいいいんだ……っ」

うっとりと囁きながら、獅子谷は千佳の身体中を舐めていく。脇の下から腰骨をべろっと舐めたかと思うと、もじもじと震える太腿から膝、そして脛から足首、爪先までたどった。

「そ、んなとこまで、舐めないで……」

口ではそう言いつつも、千佳の身体は獅子谷の舌の感触を楽しんでいる。肌が歓喜に粟立ち、性器はよりいっそう硬く張り詰めた。先走りが流れる感覚が分かるくらい、全身が過敏になっている。

「……ああ、千佳」

千佳の両脚まで存分に舐めてひと心地ついたのか、獅子谷が溜息を吐いて千佳を呼ぶ。

「な、に……？」

呼ばれるままに目を向けると、涎を垂らしたライオンが千佳の腹の上でこちらを見ていた。中途半端に開かれた大きな口の下には、切なく震える、肉色をした千佳の性器がある。

「あ」

ドキッとして息を呑んだ瞬間、獅子谷が細身のペニスに舌を巻きつけた。

「んあぁ――っ！」

ざらついた長い舌で、根元からカリ首に向かってゆっくりと扱かれると、腰の奥がゾクゾクと震え、一気に射精感が込み上げる。

「ひっ、あ、あ、……ああっ！」

鮮烈な快感に、目が眩む。千佳は背を仰け反らせ、両腕を伸ばして獅子谷の鬣を鷲掴んだ。

獅子谷が跳ねる腰を押さえつけ、大きな口全体で千佳の性器を包み込む。

「だめっ、だめっ……。哲さっ……」

髪を打ち振りながら、千佳は知らず涙を流していた。

ぴちゃぴちゃ、という湿った音と、獅子谷の乱れた呼吸音が鼓膜をくすぐり、余計に神経を過敏にする。

「……ねぇ、もぉ出ちゃ……あ、あっ……」

大きな手で愛撫されるのとは比べものにならない快感に、すぐにでも射精してしまいそうだ。

「出ちゃうよぉ……っ」

泣きながら千佳は首を擡げた。

涙に濡れた視界に、股間に顔を埋める獅子谷を捉える。

「……あ。哲、さ……ん」

すると、獲物に喰らいつくライオンが、千佳を見据えていた。黄金色の双眸は鋭く光り、興奮しているせいかひどく艶かしい。

健康的な千佳の両脚を割り開き、下腹に顔を埋める様子は、仕留めた獲物に喰らいつくライオンの姿そのものだ。

獅子谷は千佳をまっすぐに見つめたまま、見せつけるように性器を食んだ。舌を巻きつけて扱いたり、べろべろと舐め上げたりしたかと思うと、ぱくっと呑み込んで頭を上下させる。

「あ、あ……っ」

ライオンに性器を食われるビジュアルは、比較対象が思いつかないくらい扇情的だ。

獅子谷はときおり、口を開けて白い牙をピンクの性器に当ててみせる。

そのたび、千佳は恐怖と快感の狭間で全身を戦慄かせ、倒錯的な快感に酔い痴れた。

「イッちゃう……もぉ、イッちゃうってばぁ……」

性器への直接的な刺激に、千佳の我慢も限界に達する。涙ながらに訴えると、獅子谷がようやく口を離してくれた。

「甘い」

べろりと舌舐めずりして、ひと言感想を漏らす。

「千佳のちんこは、甘くてかわいいな」

欲情して上擦った声でひどく下品なことを言って、獅子谷は嬉しそうに笑った。

「おっさん……くさいよ、哲さん」

ゼイゼイと胸を喘がせつつ文句を言ってやるが、獅子谷はそれすら「かわいい」と言って意に介さない。

「なあ、千佳」

獣の名残を留める大きな手で、千佳の性器の根元をゆるゆると扱きながら、獅子谷が優しく呼びかける。

「もう、限界だ。お前の精液を……俺にくれないか」

獅子谷はそう言って、切なげに目を細めた。

「……バカだなぁ」

高められるだけ高められ、中途半端な状態で射精を塞き止められたもどかしさを感じつつ、千佳はおかしくて笑ってしまう。

「さっきの流れで、飲んじゃえばよかったのに……」

喘ぎ過ぎて掠れた声で言い返すと、獅子谷が苦笑を浮かべた。

「それはそうだが、お前を人でなくしてしまうんだ。ただの勢いじゃ、嫌なんだよ」

獅子谷はやたらと千佳をかわいいと言う。

けれど千佳は、こういう変なところでしおらしくなる獅子谷も、充分かわいらしいと思った。

「そんなこと、気にしなくていいのに」

千佳は獅子谷の鼻面を撫でてやりながら、ニコッと微笑んだ。

「僕はもうとっくに覚悟できてるんだから」

「千佳……」

獅子谷がほんのわずかに表情を曇らせた。

まだ心のどこかで、千佳に申し訳ないと思っているに違いない。

「哲さん。僕をあなたのつがいにして？」

笑みをたたえたまま、小首を傾げる。

すると、獅子谷がゴクリと喉を鳴らした。

「お前、憎らしいくらい、かわいいな」

苦笑してそう言うと、獅子谷はもう我慢ならないとばかりに大きな口を開けた。

そして、ぱくり……と千佳の性器を咥える。

「ああ……っ！」

生あたたかい口腔に包まれた瞬間、千佳は呆気ないくらいの早さで、獅子谷の口へ精を放った。

カクカクと腰や下肢を震わせる千佳をがしっと抱え込むようにして、獅子谷が喉を鳴らす。そして、存分に千佳の精液を飲み干すと同時に、むくりと起き上がって咆哮を放った。

「うおぉ――――っ！」

人の声にライオンの雄叫びが重なって、家中を揺るがす。

「……う、わ」

その圧倒的な声量とプレッシャーに、千佳は思わず身を竦めた。

そのとき、獅子谷が乱暴に千佳の身体を抱き上げた。かと思うと、くるっと身体を俯せにされ、腰を持ち上げられる。

「すまん。もう、限界だ」

「え?」

背後からのしかかってきた獅子谷が、上擦った声で千佳の耳許へ告げる。

と思ったときには、項に噛みつかれ、そして、尻に信じられないほど大きく硬いペニスを突きつけられた。

「ま、待って……。哲さ……」

「グルル……グルルッ」

千佳の声は、獅子谷の呻き声に掻き消された。

そして、一気に背後から貫かれる。

「あ——っ」

悲鳴とともに、涙が溢れる。痛みというよりは、腹を埋め尽くされる圧迫感に息を呑んだ。

「フッ、フッ……。グルルルッ」

獅子谷は我を忘れたかのように、熱い息を弾ませながら律動を開始する。

「ひっ……あ、ああっ……。中、引っ掻か……ないでっ」

ペニスの棘が、律動のリズムに合わせて千佳の腹を引っ掻いた。最初こそ独特の痛みに歯を食いしばっていた千佳だったが、すぐに甘い嬌声を放つようになる。

「千佳っ……千佳っ！」

切なげに名前を呼ばれるたび、胸を締めつけられるような切なさと、幸せを感じる。

大きな獣に身も心もすっぽりと抱かれて、千佳は生きてきて一番の幸福を実感した。

「哲さん……。好きっ……大好きっ」

振り返り、愛しい獣人を見つめる。

「ああ、俺も……愛してる」

グルルと喉を鳴らして愛を告げると同時に、獅子谷は千佳の中でペニスを弾けさせたのだった。

「起きてよ、バンビちゃん」

優しく肩を揺すられて、千佳はぱちっと目を見開いた。

「え？」

枕許に座っていたのは、しっぽと耳を生やしたコテツとミコだ。

「いつまで寝てんの？　もうお昼よ」

「……えっと。あの、哲さんは？」

昨日の出来事がまるで夢だったかのような、いつもと変わらない子トラたちの様子に戸惑いを覚える。

「元気になって、ごはん作ってる」

コテツが千佳の腕を引っ張りながら答えた。

「バンビちゃんの病気も治ったたって哲おじさんが言ってたわ。だから、ごはん、いっしょに食べよ？」

ミコが千佳にまとわりついてくる。

「う、うん。分かったよ」

言われるまま布団から抜け出すと、千佳はそのまま洗面所へ向かった。

途中、厨房の暖簾の隙間から、食事を作る獅子谷の姿が見えたが声をかけられなかった。

——全部、夢だったのかな。

いったい、何がどうなっているのだろう。

不思議に思いつつ洗面台の前に立った千佳は、鏡に映った自分の姿を見て絶叫した。

「うわあぁ————っ！」

直後、子トラたちと獅子谷が揃って駆けつける。

「どうしたの、バンビちゃん」

「バンビちゃん、大丈夫？」

「何があったんだ、千佳！」

少し曇った鏡を凝視したまま、千佳は茫然と立ち尽くす。

「こ、これ……な、に？」

鏡に映った千佳の頭に、丸いもふもふの耳が生えていた。

「耳、だな。あと、しっぽも生えてる」

獅子谷が少し緊張した様子で教えてくれる。

「バンビちゃん、シカじゃなかったんだ？」

「でも、似合ってるぜ」

ミコとコテツが、ゆらゆらと揺れる千佳のしっぽにじゃれつく。

「言っただろう？　俺とつがいになったせいで身体に変化が現れたんだ」

「つがいになった……」

言われて、千佳はハッとして獅子谷を見た。

混乱しつつ、必死に昨夜の記憶を引っ張り出す。

『ああ、俺も……愛してる』

「あっ」

獅子谷の告白を思い出した途端、昨日の出来事が蘇ってきた。

——そうだ。僕、哲さんと……。

朝まで獅子谷に何度も求められ、結局、千佳は途中で意識を失ってしまったのだ。

「千佳、大丈夫か？」

獅子谷が不安げに問いかける。

「その耳としっぽは、練習すれば引っ込められる。だが、お前はもう人間には戻れないんだ。……本当によかったのか？」

千佳は鏡を見ながら、もとの耳があった場所より少し上に生えたライオンの耳に触れた。

「うん」

もふもふっとした耳の手触りは、哲の鬣の感触に似ている。

「哲さんと、お揃いだね」

最初こそ見慣れない自分の姿にびっくりしたけれど、驚きはすぐに喜びへ変化した。

「そんなに心配しなくても、大丈夫だよ。僕、哲さんとつがいになれて、嬉しいんだ」

鏡を見ながら耳をピクピクと動かしたりして、千佳はつがいになれたことを実感する。

「だって、哲さんと本当の家族になれたってことでしょう？」

獅子谷を見つめ、目に涙を浮かべる。

「家族……。そうだな」

獅子谷が小さく頷いて、千佳の頭をそっと撫でた。

千佳は泣き笑いの表情で、獅子谷の胸に寄りかかった。足許では、子トラたちが不思議そうにふたりのやり取りを見守っている。

「父さんには感謝してるし、家族だと今も思ってる。でも、ほんと言うとね、僕はずっと自分が何者か分からなくて、不安だったんだ」

実の親を知らず、血の繋がらない祐造に育てられた千佳は、心のどこかで自分の本当の居場所を探していた。

「でも、哲さんが、僕に居場所をくれた。家族になってくれた」

作務衣の胸許へ顔を擦りつけて涙を拭うと、千佳は獅子谷を見上げて笑ってみせた。

「僕はここで、哲さんと生きていく」

黄金色の双眸が、千佳の想いをまっすぐに受け止めてくれる。

「ああ。俺もお前と、これからも生きていく」

千佳の肩を抱き寄せ、獅子谷は掠れた声で囁いた。

「本当は、いつ死んだっていいと思って生きていたんだ。子トラたちが無事に独り立ちしたら、もう、店を畳んで、命が尽きるのを待つのもいい……ってな」

「……そんな」

なんて寂しいことを言うのだろう。千佳が不安の眼差しを向けると、獅子谷はすぐにニカッと笑った。

「だが、もう今は違う。お前というかわいいつがいを得たんだ。一日でも長くお前のかわいい姿を見ていられるよう、長生きしないとな」

てらいもなく言ってのける獅子谷に、千佳は顔が熱くなるのを感じた。

「哲さん。その『かわいい』って言うの、やめません？　恥ずかしくてヤダ」

「かわいいんだから、仕方がないだろう？」

言いながら、獅子谷はゴロゴロと喉を鳴らす。

「ねえ、おっちゃん。ごはん、まだぁ？」

「あたしもお腹空いちゃった。タイガもそろそろ起きる頃よ」

ふたりの足許で、子トラの兄妹が訴える。

「おお、そうだった。急いで飯にしよう」

「哲さん、手伝うよ。ずっと迷惑かけちゃったから、その分も働かなきゃ」

千佳がそう言うと、獅子谷と子トラたちが顔を見合わせた。

そして、獅子谷が言い難そうに口を開いた。

「いや、何もしなくていい。茶碗を割られたり、鍋をひっくり返されたりしたら堪らんからな」

そこへ、コテツとミコが「バンビちゃん、おっちょこちょいだもんね～」と口を揃えた。

「もう！　そこまで言うことないだろ！」

千佳が怒鳴ると、子トラたちは歓声をあげて逃げてしまう。

「そうむくれるな。美味い蕎麦がき食わしてやるから」

獅子谷が千佳の頭をポンポンと撫でて微笑む。

「どうせどん臭いですよ」

ぶすっとして言い返すと、拗ねた口許に獅子谷が触れるだけのキスをくれた。

「そんなお前もかわいいぞ」

にやっと脂下がった笑みを浮かべると、獅子谷も逃げるように厨房へ戻っていった。

「もう、哲さん！」

怒りながらも、千佳は笑っていた。

これからは、もうひとりじゃない。

大好きな人と、生きていける。

その幸せを、千佳は静かに噛み締めていた。


「検査結果が出た。順調だ」

千佳と獅子谷がつがいとなって、十日あまりが過ぎていた。

「獣人病の進行は止まっているようだ。それどころか、悪変した細胞も減っている」

往診に訪れた柳下が、感心した様子で話す。

千佳の精液を摂取したことで、獅子谷は順調に回復していた。

「だけど、まだ経過観察は必要だ。何回か千佳ちゃんから精液をもらえば、もっと状態はよくなるだろう。今後も研究に協力してくれよ、獅子谷」

柳下の太鼓判を得て、千佳と獅子谷はホッと安堵して胸を撫で下ろす。

「子トラたちも順調に成長しているし、タイガもそろそろまともに歩けるようになるだろう」

以前から柳下は、子トラたちの発育状態も診に来てくれていたらしい。

「それにしても、あの日は大変だった」

柳下はそう言うと、囲炉裏端に置いてあった湯呑みを手にした。中には冷やした蕎麦茶が入っている。

「まあ、ライオンの生態を失念していたわたしもいけなかったんだが、まさか、日が昇る直前までヤりまくってるとはなぁ」

ズズッと蕎麦茶を啜って、柳下は千佳と獅子谷をいやらしい目で見た。

「お、お前、言い方ってもんがあるだろうが！」

獅子谷が咄嗟に声を荒らげるが、千佳は恥ずかしくて何も言えない。

あの日——千佳と獅子谷が結ばれた夜。

子トラたちを連れてドライブに出た柳下は、明け方近くに戻ってきた。だが、まだふたりが組んず解れつしていたため、家の中に入れず車中で過ごしたのだ。

「あのみっともない咆哮のせいで、子トラたちが目を覚ますんじゃないかとヒヤヒヤしたのも、今となってはいい笑い話の種だ」

「おい、柳下。その話、よそでするンじゃねぇぞ」

獅子谷が脅すが、相変わらず柳下に効果はない。

「千佳ちゃんの身体、やっぱりほかの人間とはかなり違っているねぇ」

千佳の精液に獣人病を治す効果があると分かって以来、柳下は千佳の体質についても研究を続けていたのだ。

「あくまで仮説なんだが、お父さんは千佳ちゃんを獣人の子だと思い込んでたわけだろう？　つまり獣人向けのフェロモンが含まれた食事を与えていたはずだ。大人になれば人間と同じ食事でも大丈夫だが、子どもの獣人はそうはいかない」

千佳はなるほど……と思いつつ、柳下の話に聞き入った。

獅子谷も腕を組んで黙って聞いている。

「幼い頃から獣人のフェロモンを与えられてきたことで体質が変化していき、抗体ができたんじゃないかと考えられる」

「そういえば父さん。まかないの蕎麦は、店でお客さんに出すのとは別に打ってました」

千佳のために蕎麦を打つ、小さな祐造の背中が思い出される。

「そうだったのか」

うんうんと納得する獅子谷に、柳下がすかさず「まだ仮説だと言っただろう」と突っ込む。

「おそらく、獣人病が治った獣人の女の夫も、何らかの事情で幼い頃から獣人のフェロモンを摂取していたんだろう。きみたちのお陰で、これから多くの獣人を救うことができる」

そのためには、千佳の精液からサンプルとなる多くの抗体を取り出し、研究を続けなければならないと柳下は言った。

「約束したとおり、そう遠くない未来、獣人病の特効薬を必ず作ってみせるよ」

使命感を漲らせる柳下に、千佳は声をかけた。

「先生、頑張ってくださいね」

「ああ、もちろんだ。そのためにも、千佳ちゃんはせっせとオナニーして、精液を提供してくれないとね」

柳下がにこりと笑って千佳を揶揄う。

「え……っ」

千佳は途端に顔を真っ赤にした。

即座に、獅子谷が千佳を抱え込み、柳下を睨みつける。

「柳下っ！　お前、ここで俺に食われたくなかったら、とっとと帰りやがれ――っ！」

耳を劈く雄叫びに、柳下はドクターバッグを手にしてそそくさと席を立った。

「今どき本能のままの食事は流行らないぞ。……じゃあ、またしばらくしたら様子を見に来るよ」

獅子谷の腕に抱かれた千佳に手を振ると、柳下はクスクスと笑いながら帰っていった。

「バンビちゃん、またお茶碗、割ったでしょ」

「土間の敷居に躓いて転んだの、今日はもう四回だぞ」

「ばんび、ばんび……ちっぽあちょぶ」

子トラの兄妹に囲まれて、千佳はしょんぼりと項垂れる。

「千佳、またしっぽが出てるぞ」

「もう、哲さんまでいじめないでよ」

囲炉裏を囲んだ食事にもすっかり慣れたし、どれだけ獅子谷のそばにいても倒れることはない。

「だったら、子トラたちに負けないよう、変化の練習を頑張れ」

獅子谷がまかない用のガレットを配りながら告げる。

「まあ、俺としては、耳としっぽが出てる千佳もかわいくて好きだぞ」

「……哲さん。子どもの前で変なこと言わないでくれるかな」

千佳はタイガをしっぽで遊ばせながら、獅子谷を睨みつけた。

「怒った顔も、かわいいな」

しかし獅子谷はまるで気にするふうもなく、身を屈めて千佳のこめかみにキスをしてくる。

「いいなぁ、おっちゃん」

「哲おじさんと、バンビちゃん。パパとママみたいね」

ふたりのイチャイチャぶりに、コテツもミコもすっかり慣れてしまった。

千佳だけが、恥ずかしがっている。

けれど、本当は嬉しくて仕方がない。

毎日、獅子谷は溢れるほどの愛情をくれる。

子トラたちは、変わらず千佳のことが大好きだと言ってくれる。

「……うん、幸せだ」

面映(おもは)ゆく感じつつ、素直に口にする。

「みんなといっしょにいられて、幸せだよ」

——父さん、だから安心してね。

心の中で呟いたとき、獅子谷がそっと背中から抱き締めてくれた。

「俺も幸せだ。おやっさんには、感謝してもしきれねぇな」
互いに見つめ合い、くすっと笑った。

今日も、獣人蕎麦屋「獅子そば」は、明るい笑顔と笑い声で溢れている。

あとがき

こんにちは、四ノ宮慶です。クロスノベルス様からはじめてとなる今作を手にとっていただいて、本当にありがとうございます。

ご依頼のメールに「痛くて重くて暗いのはNG」という一文を見ることにもすっかり慣れ、打ち合わせの際に「溺愛というか、甘い感じで、婚姻とか花嫁とか入れられますか？」とのご相談にも「頑張ります！」と答え、でも自分なりの萌えやこだわりも混ぜ込みつつ、読者さんに楽しんでもらえるように——と考えて書いたのが、今回のお話です。若干、いや、かなり盛り込み過ぎた感が否めませんが、少しでも楽しんでいただけたら嬉しいです。

一昨年頃からなかなか執筆作業に集中できない状況にありまして、ぶっちゃけプロット作成から刊行まで一年かかってしまいました。途中、自分でも情けなくて、放り出してしまいそうになったのですが、こうしてあとがきを書くところまで来られたかと思うと感慨もひとしおです。

イラストを担当してくださった、小山田あみ先生。またお仕事がご一緒できてとても光栄に思っております。雄々しい獅子谷にキュートな千佳、そしてかわいい子トラの三兄弟をありがとうございます！　聞けばガチ獣人ははじめてとのことで、無理難題をお願いして本当にすみませんでした。

そして、お声がけくださった担当様。思うように書けずに弱音を吐く私を気遣ってくださって本当にありがとうございました。懇切丁寧で的確な改稿指示や優しいフォローのお言葉、心から感謝しています。どうか今後もよろしくお願いします。

最後に、お手にとってくださった読者さま。甘くて溺愛というより、トンチキ感満載のお話ですが、少しでもキュンとなったり、ほんわかとした気持ちになっていただけたら、作者としてとても幸せです。もしよろしければ、ご感想などお聞かせください。

あ、ちなみに、今回の個人的萌えポイントは、モフモフと年の差に体格差、オッサン、動物の子ども、ギャップ萌え……そして○姦（汗）です。つ、伝わったかかな？


それでは、またどこかでお会いできたら嬉しいです。

このたびは、お付き合いいただいてありがとうございました。

四ノ宮　慶

CROSS NOVELSをお買い上げいただき
ありがとうございます。
この本を読んだご意見・ご感想をお寄せください。

〒110-8625
東京都台東区東上野2-8-7　笠倉出版社
CROSS NOVELS 編集部
「四ノ宮 慶先生」係／「小山田あみ先生」係

CROSS NOVELS

バンビは獅子に娶られる

著者

四ノ宮 慶

2019年7月23日　初版発行　検印廃止

発行者　笠倉伸夫
発行所　株式会社 笠倉出版社
〒110-8625　東京都台東区東上野2-8-7　笠倉ビル
[営業]TEL　0120-984-164
FAX　03-4355-1109
[編集]TEL　03-4355-1103
FAX　03-5846-3493
http://www.kasakura.co.jp/
振替口座　00130-9-75686
印刷　株式会社 光邦
装丁　斉藤麻実子〈Asanomi Graphic〉
ISBN 978-4-7730-8990-5
Printed in Japan